KB005951

"독도는 분명한 대한민국의 영토이다.
이는 결코 왜곡 될 수 없는 역사적 진실이다."

독도.1

우리가 알지 못했던 사람들…

우리가 알지 못했던 그때…

이상훈 글

도모북스

| 차례

프롤로그

밀려온 파도가 촛대 모양으로 솟은 바위를 세차게 때렸다. 퍼져 나간 포말들이 허공에서 수그러들자 저 만치 앞쪽으로 가려져 있던 바위에 선 세 사내들 모습이 드러났다. 달빛에 비친 남색 트레이닝복 차림에 통일된 스포츠형의 짧은 헤어스타일만이 그들이 군인임을 짐작케 했다. 다가서면 머리를 맞대고 조심스레 움직이는 입술들의 주고받는 모양새가 마치 쿠데타를 모의하는 비밀 조직들의 은밀함만큼이나 진지하며 긴장이 묻어났다. 잠시 대화를 나누던 일행 중 하나가 돌아서자 달빛에 드러나는 상의 등판에 새겨진 "318 전경대" 문구가 군인이 틀리지 않았음을 증명했다.

"김 수경님, 보니까 저 자식 약골 같아 보이던데 괜찮을까요?"

허리를 반쯤 숙여 정면으로 보이는 작은 동굴 안을 잠시 들여다보던 윤일경이 우려스런 표정으로 고개를 돌렸다. 과장을 조금해서 얼굴의 반을 차지하는 주먹코가 왠지 모를 무식함을 느끼게 했다.

"그러게, 암만해도 홍 일경한텐 무리인 거 같은데..."

이때다 싶었는지 힐끔 동굴 안을 바라보던 인물 중 가장 작은 키의 최상경이 옆에 선 고참 김 수경의 눈치를 살피며 혼잣말을 하듯 애매모호한 톤으로 거들었다.

"야, 우리도 다 치른 신고식이야! 지피지기면 백전백승이란 말도 몰라? 적어도 이 독도 경비대로 배치 받아 온 이상, 지형지물은 파악해야 될 거 아냐!"

딱 보기에도 곰탕집 가마솥에서 피어나는 사골 향만큼이나 짬밥의 향내가 진동하는 김 수경이 윽박질렀다. 그렇지 않아도 더러워 보이는 인상이 더욱 구겨져 섣불리 말 걸기조차 두렵게 느껴졌다. 열변을 토해내는 어투에 상응하는 자부심과 충성심에 찬 눈빛이 혁명투사를 보는 듯했다. 행여나 더 이상 토를 달았다가 자신들에게 불똥이 튈까 얼른 시선을 내리까는 두 사람이었다.

"착!"

소리와 함께 라이터 불이 켜졌다. 손에 쥔 라이터를 눈가로 가져오자 드러나는 얼굴.

검정 뿔테 안경에 어미 소만큼이나 큼지막한 눈을 연신 끔뻑이는 모양새가 굳이 설명을 덧붙이지 않아도 한창 밖에서 떠들어 대고 있는 홍 일경이 이놈임을 단박에 알 수 있었다. 한발 한발 내딛는 순간순간 목덜미로 흘러내리는 식은 땀방울을 보노라니 선임들의 우려가 당연스럽게 느껴졌다.

"도대체 끝이 어디야...?"

두려움과 공포에 미간을 찡그리고 발걸음을 떼며 앞으로 나아가는 홍 일경의 모습이 무척이나 조심스러워 누군가 뒤에서 놀래키기라도 하면 이내 오줌이라도 지릴 모양새였다. 되돌아가고 싶은 맘이 굴뚝같은 지 잠시 뒤를 돌아보며 입에 한가득 고인 침을 넘기자 '꿀꺽~' 하는 소리가 고요한 동굴 안을 울렸다. 제풀에 놀라 타오른 긴장감에 똥줄이 타지만 돌아설 수 없다는 현실을 받아들인 듯 바삐 가던 길을 재촉하는 홍 일경이었다.

"얼마나 됐냐?"

고참의 소리에 한쪽에 선 윤 일경이 시계를 들여다보며 답했다.

"50분 넘었는데요."

"이 새끼 진짜 뭔 일 생긴 거 아니가?"

윤 일경의 대답에 이어 역시나 혼잣말인지 들으라는 말인지 알쏭달쏭한 넋두리를 내뱉는 최 상경이었다.

"새끼, 재수 없는 소리는!"

김 수경의 두툼한 손바닥이 최 상경의 뒤통수를 강타했다. 내심 불안하지만 뱉은 말도 있고 그놈의 자존심 탓에 차마 뜻을 굽히지도 못하고 손을 거두는 김 수경의 얼굴에 이래저래 난처함이 가득했다. 묻어나는 불안감을 애써 감추려 괜스레 고개를 돌려 먼발치를 바라보는 김 수경이었다. 시야에 쏟아지는 넘실거리는 파도를 보노라니 더욱 세찬 불안감이 엄습해 왔다. 잠시의 고심 끝에, 결국 괜한 헛기침에 자존심을 담아 내뱉은 김 수경이 최 상경의 등을 떠밀었다.

"들어가 봐!"

"예!?"

놀라 돌아보는 최 상경의 시선에 김 수경의 무언(無言)의 눈빛이 내리꽂혔다. 꼬리 내린 강아지 마냥 고개를 돌린 최 상경이 윤 일경의 팔을 잡아끌었다.

"가자."

"예!? 아, 예."

대답과 함께 뒤를 따르는 윤 일경이었다. 한데, 몇 걸음을 이어가던 윤 일경이 돌연 김 수경을 향해 뛰어왔다.

"김 수경님, 핸드폰 좀..."

"?"

김 수경이 내민 손을 바라보는 사이 윤 일경의 사유가 이어졌다.

"플래시로 쓰려구요."

물끄러미 바라보던 김 수경이 주머니에 꽂아 넣고 있던 오른손을 빼자 핸드폰이 딸려 나왔다.

한편, 동굴 안에선 여전히 마치 목 운동을 하듯 앞, 뒤, 위, 아래로 연신 고개 짓을 하며 라이터 불빛에 의지해 앞으로 나아가고 있는 홍 일경이 었다. 지치고 두려움까지 더한 홍 일경의 낯빛엔 창백함 마저 감돌았다. 얼마쯤 갔을까. 한참을 걸어가던 홍 일경이 갑자기 걸음을 멈추어 섰다.

"어?"

눈앞에 두 갈래로 나눠진 길이 나타났다.

"뭐야, 어디로 가라는 거야? 진짜 깃발을 꽂아 두긴 한 거야?"

갈등으로 흔들리는 홍 일경의 귓전으로 왼편 길로부터 작은 소리가 전 해져 왔다.

"똑, 똑.."

고요 속에 울려 퍼지는 작은 물방울 소리가 두려움을 더했다. 한층 치 솟은 두려움을 피해 홍 일경의 발걸음이 오른쪽으로 향했다. 예정된 선택인 마냥 앞으로 나아가는 홍 일경의 등 뒤로 박쥐 한 마리가 날갯짓을 하며 지나쳐 사라졌다. 긴장감에 한껏 치켜세워진 각종 신경 레이더가 감지한 기척에 홍 일경이 얼른 고개를 돌렸다. 시야엔 아무것도 보이지 않았다. 그저 어둠 속의 적막만이 가득 할 뿐이었다.

"아, 죽겠네..."

터져 나온 탄식에 들고 있던 라이터 불빛이 흔들렸다. 국방의 의무를 져야하는 대한의 남아로 태어난 사실에 대한 후회가 쓰나미처럼 몰려왔다. 시급히 벗어나고픈 절실함에 다시 걸음을 재촉하는 홍 일경이었다. 홍 일경의 모습이 어둠 속으로 사라져 보이지 않을 즈음, 어둠 속을 밝히는 플래시 불빛과 함께 최 상경과 윤 일경이 갈림길 앞에 모습을 드러냈다. 곧이어 윤 일경이 망설임 없이 오른쪽으로 발길을 향했다. 이에 황급히 최 상경이 팔을 잡아챘다.

"야, 니 미쳤나? 거기 박쥐 소굴인거 모르나?"

"아차! 큰일 날 뻔 했네."

놀란 가슴을 쓸어내리며 왼편으로 앞장서 나아가는 최 상경을 얼른 뒤따라 붙는 윤 일경이었다.

"새끼, 내가 생명의 은인인 줄 알아라. 나 아니었으면 흡혈박쥐 수 천 마리한테 뜯겨 죽었을 기다."

지하철에 떨어진 사람이라도 구해낸 듯 윤 일경의 어깨에 손을 얹은, 아니 얹었다기보다 매달린 최 상경이 어둠 속으로 사라져가는 내내 자화

자찬의 구시렁을 이어갔다. 오싹해지는 등골에서 돋아난 소름에 홍 일경의 발걸음이 더욱 재빨라졌다. 등 뒤로 짧고 간결한 날갯짓을 해대며 또다시 박쥐 한 마리가 허공을 가로질러 날아갔다. 곧이어 선두를 뒤따르듯 또 한 마리의 박쥐가 모습을 드러냈다 이내 어둠 속으로 사라졌다. 그리고 잠시 잠깐의 고요가 이어지는가 싶더니 다시금 작은 퍼덕거림과 함께 점점 그 수를 더해가며 박쥐들이 줄지어 나타났다 사라졌다.

"찌익!"

일순간, 칼로 유리를 긁는 듯한 날카롭고 신경질적인 소리가 홍 일경의 귓속을 지나 대뇌의 신경세포를 자극했다. 본능적 위기감을 감지한 홍 일경이 천천히 라이터 불빛을 뒤를 향해 돌리자 서서히 밝아지는 천정 주변으로 수백 마리의 박쥐 떼가 달라붙은 채 불빛에 반사돼 섬뜩한 눈동자를 홍 일경에게 고정하고 있었다. 일제히 자신을 향해 시선을 마주친 박쥐 떼의 붉은 눈빛에 심하게 요동치던 홍 일경의 심장이 일순간 '뚝!' 하고 멈췄다.

"으악!!!"

괴성과 함께 홍 일경의 두 다리가 몸보다 앞서 나아갔다. 소리에 놀란 박쥐들 역시 사방을 향해 퍼덕거렸다. 나비효과가 일듯 일제히 일으킨 날개바람이 한데 모아져 저만치 줄행랑 중인 홍 일경의 등에까지 와 닿았다.

"뭔 소리고?"

작지만 또렷이 들려오는 비명소리에 걸음을 옮기던 최 상경과 윤 일경
이 동시에 고개를 돌렸다. 이어 서로 시선을 교환하는가 싶더니 불길한
표정을 지으며 냅다 소리 나는 곳을 향해 내달리기 시작했다.

 "저리 가! 저리 가란 말야!"

 공포와 두려움에 바닥을 향해 잔뜩 몸을 웅크린 채, 자신을 덮쳐오는 박
쥐 떼들을 향해 홍 일경이 연신 손을 휘저었다. 거부의 몸부림을 치면 칠
수록 놈들은 본능적으로 더욱 세차게 날아들었다.

 "악!"

 방향 감을 잃은 한 놈의 날카로운 발톱이 홍 일경의 볼을 긁고 지나갔
다. 볼에서 손을 떼자 묻어나는 피에 두려움을 넘어 생명의 위협마저 느
낀 홍 일경이 결국 울음을 터뜨렸다.

 "엄마, 흑흑흑.."

 눈물샘이 열리자 반사적으로 흘러내린 콧물이 인중을 타고 흘렀다.

 "!!!"

 콧물을 훔치던 홍 일경의 시선에 꼬마 아이 하나가 겨우 지나갈 정도의
작은 틈이 들어왔다. 희망을 봐서일까, 금세 눈물을 그친 홍 일경이 가능
유무를 타진할 틈도 없이 냅다 틈을 향해 내달리기 시작했다. 생명의 위
협을 느끼면 솟아난다는 초능력을 몸소 시연해 보이며, 결코 불가능할
것 같았던 작은 공간을 향해 홍 일경이 몸을 구겨 넣었다. 힘겹게 공간을
파고드는 몸부림이 마치 방송에 등장하는 기인과 다를 바 없었다. 콧등

이 거친 바위벽에 긁혀 벗겨졌다. 하지만 아픔을 느낄 신경세포의 여유가 없었다. 고개를 옆으로 돌리고는 사력을 다해 넘어지다시피 무게 중심을 안쪽으로 기울였다. 서서히 얼굴을 비롯한 상체가 틈 안의 공간으로 빠져나오기 시작했다. 얼마안가 남은 한 다리마저 빠지며 '꽈당!' 안으로 엎어지는 홍 일경이었다. 숨 돌릴 여유도 없이 행여나 뒤쫓아 날아든 박쥐가 있지 않을까 하는 두려움에 얼른 고개를 돌려 살폈다. 다행히 박쥐의 모습은 보이지 않았다.

"헉, 헉.."

그제야 참았던 숨을 몰아쉬는 홍 일경이었다. 잠시 후, 거친 숨소리가 잦아들며 심장박동이 제자리를 찾았다. 호흡에 안정을 찾은 홍 일경이 공포와 우려를 관장하는 뇌의 안도를 위해 틈바구니 옆 벽으로 도톰한 볼 살을 가져다댔다. 마치 여자 목욕탕을 훔쳐보듯 숨을 멈춘 채 조용히 그리고 조심스레 밖을 향해 삐딱이 고개를 내밀었다. 살짝 방향만 틀면 찾아 낼, 코앞에 숨은 그의 존재를 알아채지 못한 놈들이 허공을 맴돌며 실속 없는 날갯짓으로 체력을 소진 중이었다.

"후우~"

고개를 돌린 홍 일경이 그제야 안도의 한숨을 내쉬었다. 뿜어져 나오는 한숨과 함께 초긴장 상태를 무장 해제시키자 덩달아 빠진 기운이 사지의 긴장을 풀어 재꼈다. 바람 빠진 광고 풍선 마냥 털썩 주저앉는 홍 일경이었다. 잠시 후 뇌가 정상가동 되자 인간 본연의 호기심이 그의 눈동자를 향해 지시를 내렸다.

"왜 못 들어오지?"

무언가 이유가 있으리란 확신이 그의 탐구심을 자극했다. 주변을 살피던 홍 일경의 시선이 틈 위로 난 작은 구멍을 통해 새어 들어오는 빛을 찾아냈다. 갑자기 맞닥뜨린 햇살에 눈동자가 시큰거렸다. 행여나 빛을 가려 방어막이 사라질까 얼른 뒤로 물러서는 홍 일경이었다.

"어!"

그 순간 발에 걸린 무언가로 인해 중심을 잃고 기우뚱했다. 비틀거리다 다행히 중심을 잡고 선 홍 일경이 아래를 향해 시선을 옮겼다. 허리를 숙여 바닥에 놓인 두루 뭉실한 물체를 집어 들었다. 희멀건 물체가 어렴풋이 눈에 들어왔다.

"착!"

생사의 순간에도 결코 놓지 않고 있던 라이터를 힘주어 켰다.

"으악!"

밝아진 시야로 두개골이 들어왔다. 놀라 떨어뜨린 두개골이 바닥을 뒹굴었다. 세균이라도 묻었을까 연신 옷에 손을 문지른 홍 일경이 닦은 손을 코로 가져가 냄새를 맡았다. 역한 냄새가 콧구멍을 타고 들어 왔다. 자연스레 미간이 찌푸려졌다.

"으으.. 진짜, 미치겠네."

울상이 된 채 잠시 잊고 있던 경계심을 다잡은 홍 일경이 놀라 꺼뜨린 라이터를 다시금 켰다.

"나가기만 해봐, 당장 고소할거야!"

궁지에 몰린 쥐가 고양이를 문다고 생사를 넘나드는 고역에서 우러난 고참들을 향한 분노심에 홍 일경이 이를 갈았다. 열려진 눈이 분노와 원망으로 가득 찼다. 솟구치는 복수의 불꽃에 탈출의 의지가 불타올랐다. 한 걸음 한 걸음 벽을 짚어가며 또 다른 출구를 찾아 움직이던 홍 일경의 눈동자가 바위벽 한쪽에 멈췄다. 미간을 찌푸리며 자세히 살피는 홍 일경이었다.

"어, 이건 뭐지?"

가까이 밀착한 눈에 조잡하지만 미취학 아동도 알아챌 만큼 또렷한 배 모양의 그림이 들어왔다. 한낱 낙서라고 보기엔 왠지 모를 진지함이 묻어나는 모양새가 홍 일경의 관심을 끌었다. 쥐고 있던 라이터를 켜 그림 앞에 드리웠다. 밝아진 벽으로 그림과 글씨들이 드러났다. 시야를 넓히려 한걸음 뒤로 물러서자 한층 넓게 퍼진 불빛과 함께 사극에서나 보아오던 전시 작전도를 연상케 하는 지형도며 글귀와 더불어 수많은 배 그림들이 벽 한가득 채워져 있었다. 전문적 식견이 없어도 단순한 낙서가 아니라는 사실쯤은 쉽사리 알 수 있었다.

"!!!"

벽화를 손으로 매만지며 걸음을 옮겨가던 홍 일경의 발에 또다시 무언가가 걸리적거렸다. 또 다른 해골이 자신의 심장을 들었다 놓을까 두려운 마음에 쉬이 엎드려 집지 못하고 망설이는 홍 일경이었다. 상체를 꼿꼿이 세운 채 시선만을 아래로 내리깐 홍 일경이 천천히 라이터를 아래로 향했다. 길쭉한 형체를 향해 불빛을 옮겨가자 끝자락에서 일순간 번쩍임이 일었다. 두려움을 넘어선 호기심이 자연스레 몸을 아래로 이끌었다. 다가선 홍 일경의 눈에 푸른빛을 발하는 비취옥이 박힌 길다란 물체가 들어왔다. 녹이 쓸어 온전치 않았지만 전체적인 모양새가 칼(刀)임을 짐작케 했다. 혹시나 했던 기대가 검을 보는 순간 확신으로 들어찼다. 로또라도 맞은 듯 사욕에 의한 환희가 몰려왔다. 감격의 심장 뜀박질과 함께 쾌재를 부르는 홍 일경이었다. 두려움은 이미 행적을 감춘 지 오래였다. 찢어지는 입을 손으로 막으며 옆으로 보이는 평평한 바위 위에 걸터앉았다. 물러나 바라보는 벽면은 더욱 웅장했다.

"우와~"

보고도 믿기지 않는 현실에 감탄이 절로 나왔다. 한결 여유로워진 마음에 편히 자세를 잡으려 두 팔을 바위에 짚었다. 순간, 오른손에 딱딱한 무언가가 만져졌다. 조심히 그리고 천천히 고개를 틀었다. 고개가 완전히 돌아가자 다음으로 눈동자를 옮겨 보냈다. 손끝자락을 따라 옮겨간 시선 위로 바위 위에 펼쳐 놓인 대나무로 엮여진 죽서(竹書) 한 권이 들어왔다. 몸을 일으켜 죽서 앞에 마주 앉는 홍 일경이었다. 마른 침을 삼키고 조심스레 펼쳐진 죽서를 집어 맨 앞장을 향해 몰아 넘겼다. 매끄러운 가죽 재질의 표지에는 훈민정음체로 적힌 '무충록'이란 글씨가 박혀 있었다. 내내 서려있던 두려움과 공포도 삼킬 만큼 알 수 없는 거대한 힘에 이끌린 홍 일경이 조심히 첫 장을 집어 넘겼다.

"죽음을 옾에 놓고 결둔코 두려움이 일지는 않 있 으ᄂ 늡겨진 벗에 대한 걱정과 우려ㄱ ᄆ음을 무겁게 ㅎ였ᄃ..."

한 자 한 자, 글귀를 읽어 내려가는 홍 일경의 얼굴에서 책의 주인 된 이의 감정이 전이된 듯 진지함이 묻어났다.

1. 유배

"끼릭.. 끼릭..."

노 젓는 소리가 어둑한 선실 안으로 새어 들어와 울렸다. 여기저기 자리 잡고 앉은 이들의 몸에 하나같이 수갑(手匣)이며 족쇄(足鎖:발 쇠사슬)이 채워져 있었다. 의욕 없어 보이는 낯빛들이 삶에 종지부를 찍으러 가는 이들의 모양새 같았다.

"우웩~"

누군가의 구역질 소리가 무거운 선실 안의 침묵을 깼다. 지저분한 살결을 따라 올라간 얼굴은 창백함 그 자체였다. 심한 고신을 당한 듯 얼굴이며 몸 어느 곳 하나 성한 곳이 없었다. 또다시 밀려드는 구역질을 참으려 애써 숨을 멈추고 미간을 찌푸리는 젊은 사내였다. 허나, 노력에도 부질없이 또다시 목구멍을 타고 신물이 올라왔다.

"꾸웩~"

이어진 구역질과 함께 토해진 분비물이 바닥을 향해 쏟아졌다.

"으이, 더럽게.. 윽, 냄새!"

빡빡머리의 김봉길이 호들갑을 떨며 수갑 찬 손을 들어 코를 막았다. 심술보 마냥 출렁거리는 푸짐한 턱밑 살덩이며 기름기 흐르는 낯빛이 여타 죄수들과는 확연히 달랐다. 등지고 앉아 졸고 있던 빈약한 체격의 최홍선이 소리에 놀라 깼다.

"뭘 봐! 씨발.."

돌아보는 홍선을 향해 봉길이 거친 어투를 내뱉었다. 겁에 질린 홍선이 왜소한 덩칫값에 걸맞게 얼른 고개를 돌렸다. 작게 흔들리던 배가 세찬 파도를 만났는지 한쪽으로 서서히 기울기 시작했다.

"어! 어.."

봉길이 식겁한 얼굴로 바닥을 노려봤다. 바닥에 고여 있던 분비물이 봉길의 곁으로 슬금슬금 떠밀려왔다.

"어! 어, 어.."

손발에 채워진 수갑이며 족쇄가 바닥 고리에 묶여 있는 통에 몸을 옮기기도 어려운 상황이었다. 다가오는 봉변 앞에 그저 소리치는 것 말고는 할 수 있는 것이 없었다.

"으악!"

하필이면 밀려온 분비물이 봉길의 아랫도리를 향해 들이닥쳤다.

"아, 씨발! 진짜 미쳐버리겠네!"

얇은 무명천이 막아 버티기엔 토사물의 양이 너무나 많았다.

"으윽.."

쩌렁 쩌렁 울리던 봉길의 아우성이 잠시 후 옅은 자포자기의 신음과 함께 멈췄다. 동시에 그의 얼굴 또한 모든 것을 내려놓은 해탈의 경지에 이른 수도승과 같이 편안해졌다. 때를 같이해 기울었던 배가 다시 중심을 잡았다.

"아이 씨, 사람 돌겠네!"

이내 냄새가 올라오는 통에 잠잠하던 봉길이 또다시 입을 열고 짜증을 쏟아냈다.

"거, 조용히 좀 합시다."

벽에 기대어 앉아 있던, 헝클어진 장발이 얼굴의 반을 뒤덮고 있는 이상목이 나직하지만 힘이 실린 목소리로 뜻을 전했다.

"야, 너 같으면 이런 지랄 같은 날벼락을 맞고도 가만히 앉아 있겠냐! 응!"

분풀이를 찾던 통에 때마침 날아든 상목의 말에 기회다 싶었던지 쏘아붙이는 봉길이었다.

"어차피 죽을 목숨, 똥을 싸던 오줌을 지리던 무슨 상관이요."

뺨을 따라 목까지 이어진 깊은 흉터가 그을린 피부와 더해져 십사리 근접하기 어려운 인상의 한철기가 상목을 거들고 나섰다.

"뭐라구!? 어휴, 됐다, 됐어. 하루라도 도 닦은 내가 참아야지, 나무아미타불 관세음보살..."

대판 따지려다 철기의 인상에 기가 눌린 봉길이 괜한 핑계를 대며 합장과 함께 눈을 감았다. 다시 고요가 찾자 다들 한바탕 소란에 떴던 눈을 다시금 감았다.

"쿵쾅! 쿵쾅!..."

그도 잠시, 천정 위 선상에서 다급한 발걸음이 울려 아래로 전해졌다.

"아 진짜, 이건 또 뭔 호들갑이래?"

천정을 올려다보며 봉길이 조잘거림의 포문을 열었다.

"불이라도 났나? 헉! 진짜 불난 거 아냐! 저 자식들 우리 타죽게 놔두고 지들끼리 도망가는 거 아냐? 야! 야 이 개자식들아 당장 이거 풀어... 흡!"

어둠 속에서 불쑥 들어온 손이 봉길의 입을 틀어막았다.

"쉬잇."

난데없는 손길에 놀란 봉길이 귓가에 전해지는 다급한 소리에 말을 멈추고 두 눈과 귀를 천정을 향해 집중시켰다.

"활을 쏴라!"

"배에 오르지 못하게 하라!"

전투가 벌어진 듯 갑판 위에는 명령을 내리는 지휘관의 다급한 목소리가 쉴 새 없이 이어져 들려왔다. 죄수들 모두가 귀를 쫑긋 세우고 밖에서 들려오는 소리로 상황을 떠올렸다.

"끼이익.."

잠시 후, 작은 기척과 함께 지하 선실 문이 열리며 선실 안으로 햇빛이 쏟아져 들어왔다. 긴장한 죄수들의 목울대를 넘어가는 침소리가 선실 안에 또렷이 울렸다. 한 칸 한 칸 계단을 내려온 발걸음이 바닥에 다다르자 한 손에 칼을 든 관군이 모습을 드러냈다. 먹잇감을 찾듯 이리저리 살피던 관군이 봉길의 곁으로 다가섰다.

"자.. 잠깐만! 가까이 오지 마쇼. 여기 구역질 한 거 있소이다. 보쇼, 내 옷에도 묻었는데 냄새가 아주..."

몰려오는 위기감에 다급해진 봉길이 분비물이 묻은 아랫도리를 들어 보이며 과장된 몸짓을 해보였다. 허나, 물러서기는커녕 도리어 가까이 다가오는 관군의 모습에 잔뜩 겁을 먹은 봉길이 두 눈을 질끈 감았다.

"그 분이 보내셔서 왔습니다."

뒤편에서 들려오는 소리에 봉길이 살며시 눈을 떴다. 다가서는 관군의 맞은편으로 자신의 입을 틀어막았던 짙은 인상의 사내 모습이 들어왔다. 호랑이를 연상케 하는 짙은 눈썹과 매의 영롱함이 들어앉은 것 같은 검고 맑은 눈동자와 그 사이로 오똑하게 솟은 콧날이며 선이 또렷한 입술이 쉽사리 잊혀지지 않을 매력적 얼굴이었다. 그의 이름은 강무창이었다. 살짝이 풀어 헤쳐진 윗저고리 안으로 보여지는 여러 갈래의 깊게 패인 칼자국들이 그의 평탄하지 않은 삶을 대변해 주는 듯했다. 곁으로 다가와 앉은 관군이 품에서 열쇠를 꺼내 무창의 수갑과 족질을 풀었다.

"나가셔서 후미 쪽으로 보이는 섬으로 헤엄쳐 가시면 배가 준비되어 있습니다."

분위기로 짐작컨대 필시 누군가가 보낸 첩자임이 틀림없었다. 무창을 풀어준 뒤 그의 주변으로 팔뚝에 모반을 뜻하는 反(반)이라 낙인찍힌 자들을 풀어주느라 첩자의 손과 눈이 바삐 움직였다. 개중에는 구역질을 해대던 젊은 사내도 포함되어 있었다. 무창을 더해 도합 여섯의 죄인이 첩자의 뒤를 따라 문을 향해 조심히 나아갔다.

"저기요.."

소리에 무창이 돌아봤다. 봉길이었다. 시선을 마주친 봉길이 말을 이어 갔다.

"나도 좀 데려가 주쇼."

좀 전의 등등하던 기세에선 떠올리기 힘든 애절한 봉길의 눈빛이 무창의 발길을 붙잡았다. 쉬이 걸음을 떼지 못하고 둘러보는 무창의 눈빛이 흔들렸다. 봉길 뿐만 아니라 군데군데 자리 잡고 앉은 나머지 죄수들 또한 침묵 속에서 구원의 눈빛을 보내고 있었다.

"시간이 없습니다. 가셔야 합니다."

첩자의 재촉에 하는 수 없이 돌아서는 무창의 귓전으로 또다시 소리가 들려왔다.

"부탁드릴께예."

계집의 목소리였다. 자신의 귀를 의심하며 소리가 들려온 그늘진 구석을 향해 무창이 발걸음을 옮겼다. 어깨에 걸쳐진 댕기머리가 눈에 들어왔다. 가까이 다가가 살피자 젖살이 채 빠지지 않은 통통한 볼 위로 큼지막한 눈망울을 끔뻑이는 윤소옥이 눈을 맞추어 왔다. 갈등 어린 눈빛의 무창이 고개를 돌려 첩자를 바라봤다.

"인원을 맞추어 준비한 배라 데려가더라도 태울 수가 없습니다."

첩자의 말에 실망하며 소옥이 고개를 떨구었다.

"가시지요."

지켜보던 일행이 재차 무창을 잡아끌었다. 하는 수 없이 걸음을 옮기는 무창의 눈에 남은 죄수들의 모습이 하나하나 새겨졌다. 고개를 내저어 흔든 무창이 성큼 앞으로 나아가 첩자 곁으로 다가섰다.

"열쇠를 주게."

무창이 손을 내밀었다. 머뭇거리던 첩자는 말릴 수 없다는 사실을 깨닫고 군말 없이 열쇠를 건넸다. 소옥에게 다가선 무창이 족질과 수갑을 풀었다.

"고맙습니더."

인사를 뒤로하고 떨어져 앉은 봉길에게로 걸음을 옮기는 무창이었다.

"거, 부처님이 어디 있나 했더니만 여기 있었네."

"감사합니다, 고맙습니다..."

풀려난 죄수들의 감사 인사가 이어졌다. 마지막으로 철기가 자리를 털고 일어나는 걸 확인한 첩자가 동태를 살피려 문틈으로 눈을 가져다 댔다. 순간, 틈으로 날아든 칼끝이 첩자의 눈을 관통해 뒤통수를 뚫고 지나왔다. 하마터면 바로 뒤에서 뒤따르던 송만복의 눈에까지 다다를 뻔했다. 놀랄 틈도 없이 문을 박차는 세찬 발길질에 꽂혀 있던 칼이 빠지며 첩자가 계단 아래로 나뒹굴었다. 뒷걸음질 치며 피하던 만복이 첩자에 밀려 넘어지자 곧이어 뒤에 있던 나머지 일행마저 "꽈당" 소리와 함께 일제히 넘어졌다. 활짝 열려진 문과 함께 햇살이 선실 안을 환하게 밝혔다. 입구로 철릭(帖裡:첩리, 무관이 입던 공복)차림의 조명학이 버티고 서 있었다. 그의 눈은 상황을 예상한 듯 가소로운 미소를 띠고 있었다.

"모두 밖으로 끌어내라!"

조명학의 명이 떨어지기 무섭게 뒤따른 관군들이 선실 안으로 밀려 들어왔다.

선상 위로 이끌려 올라오는 무창의 눈에 저만치 떨어진 곳으로부터 불꽃에 타오르는 배가 눈에 들어왔다. 정체를 알리는 표식의 깃대가 보이지 않는 것으로 보아 해상을 떠돌며 노략질을 일삼는 해적선이었다.

"쾅! 쾅..!"

호송선과 나란히 붙어선 군선(軍船)에서 해적선을 향해 연신 화포가 불을 뿜었다. 그 중 한 발이 해적선의 돛대에 명중하며 나무 파편이 사방으로 흩날렸다. 화포를 맞은 돛대는 웅장한 소리와 함께 거목이 넘어가듯 부러진 돛대가 바다 속으로 떨어졌다. 곧이어 중심을 잃은 배가 서서히 기울어지기 시작했다. 놀란 해적들이 너 나 할 것 없이 바다를 향해 뛰어들었다. 때를 놓치지 않고 군선으로부터 해적들을 향해 수백 발의 화살이 발사됐다. 뛰어들던 놈들의 등이며 가슴에 화살이 꽂혀 박혔다. 이미 물로 뛰어든 놈들에게는 창이 날아들었다. 놀란 놈들이 물속으로 몸을 숨겼다. 예상이라도 했단 듯이 군선의 화포들이 일제히 방향을 아래로 향했다.

"쾅!"

소리가 무창의 귓가에 당도하기도 전에 바닷물이 공중을 향해 솟아올랐다. 함께 솟아오른 놈들에게서 떨어져 나온 팔이며 다리가 주인을 찾지 못하고 사방으로 흩어 퍼졌다.

"철퍼덕!"

잘려진 팔뚝 하나가 무릎 꿇고 앉은 봉길의 아랫도리 앞에 떨어졌다. 잘려진 팔뚝 아래에 아직 신경이 살아 손가락이 움직였다.

"흡!"

비명을 지르려다 쏘아보는 조명학의 눈빛에 얼른 속으로 삼키는 봉길이었다.

"그리 쉽게 벗어 날 줄 알았더냐?"

무창에게 다가선 조명학이 야비한 미소를 띠우며 눈높이를 맞추어 앉았다. 바라보는 무창의 눈에 지긋지긋함이 묻어났다. 상황을 알 길 없는 봉길이 두 사람을 오가며 눈동자를 바삐 움직였다.

"그 분 말이다, 생각보다 영악하시더군..."

조명학의 말버릇이 못마땅한 듯 미간을 찌푸리며 무창이 쏘아봤다.

"뭐, 한편으로 부럽기도 해, 애써 위험을 무릅쓰며 네놈을 구하려는 걸 보면 말이야... 하지만 그마저도 헛수고로 돌아갔으니 사실을 알면 많이 힘겨우실 게야."

조명학의 비아냥거리는 언질에 새삼 무거워져 오는 맘이 무창의 가슴을 짓눌렀다. 긴 한숨과 함께 저 멀리 어렴풋이 보이는 육지를 향해 미안함과 안타까움의 시선을 옮기는 무창이었다.

2. 몰락

"아버님..."

거친 숨소리를 토해내며 정옥남(鄭玉男)이 급하게 뛰어 들어왔다. 이를 바라보는 전(前) 수찬(修撰) 정여립(鄭汝立)의 표정엔 옥남의 급박함과는 상반되는 평온함이 묻어 있었다.

더 이상 물러날 곳도 없다. 아니, 그리하고 싶지 않았다. 애당초 관군의 손길이 닿지 않는 깊은 심산으로 피하지 않고 모두의 만류를 뿌리치며 금구 별장을 떠나 이곳 죽도(竹島)까지 온 것은 일신의 안위를 도모하기 위해서가 아니었다. 이미 기울어진 대세에 죽음을 예견한지라 많은 것을 뿌리고 거두었던 고향과 같은 이곳에서 생을 마감하기 위해서였다. 그도 어찌 흘러 떠도는 소문을 듣지 못하였겠는가. 자신이 대동계(大同契)를 조직해 모반을 꾀하려 한다는 고변이 임금에게 전해지고 얼마 되지 않아 새어 나온 소문이 그의 귓전에 당도하기까지는 그리 오랜 시간이 걸리지 않았다. 따지고 보면 억울하기도 하거니와 분이 치밀어 올라 환도(環刀)를 차고 당장 한양으로 나서려 맘도 먹었었다. 임금의 눈과 귀를 멀게 하는 신료들의 목을 쳐 저잣거리에 본보기로 내어 걸어도 속이 풀리지 않을 듯 했다. 허나, 그리하기엔 무고히 흘려야 할 피가 너무나 많아 차마 그리 하지 못했다.

그는 확신하고 있었다.

언제고 왜국(倭國)이 조선을 향해 승냥이 같은 이빨을 치켜들고 달려들 날이 결단코 멀지 않았다는 사실을... 단지, 간간히 왜국을 다녀온 이들에게서 전해져오는 풍문만을 믿고 가진 확신이 아니었다. 과거 관직을 떠나 있을 당시 개인적으로 왜국에 들어간 적이 있었다. 목적지를 정하지 않고 떠돌아다니다 나가하마(長浜(장빈), 일본 시가현 북동부에 있는 도시)에 머무를 때의 일이었다. 조선에서 온 학자가 자신의 성내에 와 있단 소식을 들은 성주 측에서 여립을 초대했다. 시 한 수를 지어 건네준 답례로 성주가 친히 연회 자리를 마련한 것이었다. 당시 술잔을 기울이며 그가 한 말이 여직 뇌리 깊숙이 박혀 있었다.

"우리 왜국은 크기로는 조선의 갑절에 달하지만 그래봤자 한낱 고립무원의 섬일 뿐이오. 하여 언젠가는 밖으로 나아갈 길을 터야 할 것인데 머무르며 보아 알겠지만 나라가 이리 혼탁하니 때를 놓칠까 우려스럽소이다."

취기에 어린 말이지만 분명 뼈가 있었다. 자신을 하시바(도요토미 히데요시의 예전 성씨) 히데요시라 소개한 그의 눈빛은 먹이를 노려보는 매의 뚫어짐 같이 예리하고 날카로웠다. 돌아온 그는 평소 스승으로 믿고 따르던 이이(李珥)를 찾아 왜국의 침략에 대한 우려를 전했다. 이미 수년 전부터 같은 우려로 임금에게 십만 대군의 양병을 주장하여 왔던 터라 자신의 말을 들은 스승은 지체 없이 서인들에게 연통을 보내 회합을 열었다.

"내 다시 한 번 주상께 나서 뜻을 아뢰볼 터이니 다들 힘을 보태어 주시오."

허나, 사랑채 가득 비좁게 앉은 이들 중 어느 누구 하나 동조의 입을 보태는 자가 없었다. 다들 그저 멀뚱히 애꿎은 천정만 바라보며 헛기침을 이어갈 뿐이었다. 그렇잖아도 동인들의 득세로 인해 임금의 눈 밖에 나 있어 자리보존의 위태로움에 처한 그들인지라 괜스레 꺼져가던 임금의 노기에 불을 지필 수 있다는 우려에 섣불리 나서지 못하는 것이었다. 그

마음을 모르는 스승이 아니지만 평소 뜻하는 바는, 혀가 잘리고 목이 떨어져 나가는 한이 있어도 내어 뱉는 올곧은 성품의 그이기에 말미를 주듯 잠시 바라보다 시선을 거두었다. 그리고 맘을 정하였는지 강건한 의지를 전했다.

"정 나서기 그러하다면 좋소, 내 홀로 전하를 알현하겠소이다." 그것이 스승과의 마지막 대면이었다.

며칠 후 신시 초(3~4시 사이)경 종놈의 소리에 잠에서 깨어났다.

"나리, 좀 나와 보셔야 할 듯 합니다요."

때 이른 부름에 몸져누운 노모에게 변고가 있는 줄 알았다. 여립이 입은 옷 그대로 대청마루 앞으로 나서자 종놈의 옆에 낯익은 놈이 함께 하고 있었다. 앞자락을 걷어 올려 옆구리에 찔러 넣고 다리에는 행전을 친 모양새로 보아 어느 집 청지기인 듯 했다. 조아리고 있던 머리를 치켜들자 스승의 집 청지기 놈이었다. 평소 왕래가 잦은지라 아뢰임을 듣기도 전에 단박에 알아볼 수 있었다.

"나리, 대감마님께서 임종 하셨습니다."

놈의 소리를 듣고서 찰나도 지나지 않아 전날 밤 사랑채에 있던 이들의 얼굴이 하나 둘 스쳐 지나갔다. 이어 자연스레 떠오르는 의구심이 여립을 더욱 힘들게 했다. 스승의 주검 앞에 선 여립은 다짐했다. 뜻을 받들어 이어가겠노라고, 그리고 곧바로 생각을 행동으로 옮겼다. 스승의 상여를 뒤따르는 두 갈래의 행렬 중 당연 서인 측으로 옮겨야 할 발걸음을 동인 쪽으로 옮겼다. 지켜보던 서인들의 놀람도 그러하지만 뜻밖의 합류에 동인들 역시 적잖이 놀란 눈빛으로 여립에게서 경계의 시선을 놓지 않았다. 뭇매를 맞을 수도 있는 위험을 무릅쓰고 보란 듯이 전향의 뜻을 내비친 건 그만큼 시간이 촉박했기 때문이었다. 시간을 두고 동인들을 설득하며 맘을 보일 여유가 그에겐 없었다. 그만큼 왜국에서 느낀 여립의 위기감은 크나 큰 해일과 같았다. 허나 급하게 맺어진 얕은 친분은 그를 위한 방어막이 되지 못했다. 배신에 대한 분노로 하루가 멀다 하고 임금을 향해 자신에 대한 서인들의 모함과 억측이 이어졌다. 몰아붙이는 서인들의 응징에 한동안 반기를 들며 자신을 옹호해 주던 동인들마저 지칠 줄 모르는 서인들의 끈질김에 두 손을 들며 입을 닫았다. 사실 권세를 잡고 있던 동인들로서는 전쟁 운운하며 위기를 조장하는 여립의 주장이 딱히 득 될 것이 없었기에 뜻을 함께 할 의지 또한 크지 않았다. 도리어 주장이 받아들여지면 전비(戰費)에 필요한 막대한 자금 충당을 위해 자신들의 곳간부터 열어야 할 터인데 탐탁지 않은 것이 당연지사였다. 그저 밖으로 보여지는 이목들을 의식한 형식적인 옹호에 불과했다. 방어막이었던 동인들이 편들기를 멈추자 물 만난 고기처럼 반론 없는 서인들의 일방적 성토는 임금의 생각을 흔들어 혼탁하게 만들었다. 결국, 임금마저 자신에게서 마음을 돌렸다. 더 이상 머무를 이유가 없어진 여립은 스스로 수찬(修撰)의 자리에서 물러났다. 고향으로 돌아온 그는 뜻을 함께하는 이들을 모았다. 일천하나마 도모할 수 있는 모든 방편을 동원해 왜국의 침략에 대비하기 위해서였다.

 해서 생겨난 것이 대동계(大同契)였다. 한데, 터무니없게도 자신과 대동 세력을 모반을 꾀하려는 역적의 무리로 몰아간 현실이 기가 찰 노릇이었다. 애국의 심정으로 행한 일이 도리어 자신의 목을 조여오자 모든 것이 부질없고 허망했다. 무엇보다 그간 믿고 함께 한 많은 이들의 죽음을 그저 지켜볼 수밖에 없는 자신의 처지가 개탄스러웠다. 한탄을 이어가던 여립은 서서히 현실을 받아들였다. 뜻을 이루지 못하리란 낙심에 모든 것을 놓고 나니 도리어 맘이 홀가분해졌다. 연로한 노인네들이 순순히 죽음을 받아들이듯 그 또한 곧 다가올 죽음이 두렵지도 서글프지도 않았다. 그저 곧 닥쳐 올 나라의 위기가 안타까울 따름이었다. 마지막이라 여기고 임금을 향해 상소문을 올리려 붓을 들었다.

 "전하, 부디 충신들의 언사에 눈과 귀를 기울이시어 닥쳐 올 위기에 대비하시옵소서. 아울러..."

 어인 일인지 지나온 일들을 떠올리며 글을 써내려가던 여립의 붓질이 일순간 멈추어 섰다.

"설마!!!"

섬광처럼 번득이며 머릿속을 스쳐가는 하나의 생각에 여립의 눈이 커졌다. 여립은 그간 전향에 대한 서인들의 분노가 자신을 역적으로 내몬 것이라 확신했었다. 한데, 흘러간 정황을 되짚다보니 몇 가지 의문이 돋아났다.

우선, 당연 고변(告變:반역행위를 알림)을 올린 서인에게 맡겨야 할 모반 사건의 수사를 어찌된 일인지 임금은 동인에게 맡기었다. 이는 동인에게는 전혀 득이 될 것이 없는 오히려 입지에 위기를 느낄만한 난처한 일이었다. 다음으로 임금의 대처가 무척이나 여유로웠다. 듣기로는 고변을 전해 들은 다음 날, 임금은 예정에 없던 사냥을 나갔다고 했다. 단순히 보기에는 백성들의 동요를 사전에 차단하기 위해 군왕으로서의 의연한 모습을 내보이려 한 것으로 여길 수 있겠지만 적어도 여립이 느껴온 임금은 스스로 방계(傍系)출신이란 꼬리표 탓에 정통성에 대한 병적인 집착을 지닌 분이었다. 그런 임금이 태연히 사냥을 나갔다니... 도무지 이해할 수 없는 행보였다. 이는 왕위를 노리는 역적의 무리에 대한 두려움이 전혀 없었다는 것인데, 여립으로서는 믿기지 않은 행동이었다. 게다가 때를 맞추듯 그간 벼슬에서 물러나 있던 서인들을 하나 둘 조정으로 불러들였던 것 또한 여립의 의문에 확신을 더했다.

동인들이 반란의 전모를 파헤치는데 시간을 빼앗기는 사이 비록 대행직 이라고는 하나 공석이 된 조정의 요직이 서인들로 채워 진 것은 가벼이 지나칠 일이 아니었다. 그것도 동인들이 감히 반대하지 못할 합당한 재능을 지닌 이들을 그 짧은 시간에 찾아내 불러들였다는 것이 더욱 여립을 혼란케 했다. 마치 모든 일의 흐름을 꿰뚫고 있기라도 한 듯한 임금의 발 빠른 결단과 처사... 또 하나의 짐작에 확신을 더해주는 건 최초 비밀 장계로 고변을 올린 황해도 관찰사 한 준의 존재였다. 본시 당쟁에 휘말리기를 꺼려해 일부러 지방관을 자청해 옮겨간 그가 돌연 서인을 향해 스스로 손을 뻗었다는 사실은 여립에게는 지나칠 수 없는 단서였다. 서인들로서는 작은 세라도 아쉽고 절실했던 터라 한준의 합세가 그 속뜻을 가릴 여유 없이 그저 고마울 따름이었겠지만 여립의 생각은 달랐다. 갑작스런 그의 가세에는 분명 모종의 계략이 내포되었을 것이고, 이는 필시 임금의 뜻과 관련이 있지 않을까...

혼란스러워진 여립은 스스로에게 물음을 던졌다.

과연 무엇인가?

예상을 뒤엎는 수사권 인사에, 모반에 대한 두려움이 아닌 태연함이며, 사전에 준비해 놓은 듯한 이 치밀한 대처는...

과연, 임금이 원하는 것이 무엇일까?

아니, 임금이 이번 모반사건으로 얻는 것이 무어란 말인가?

하나하나 따지고 짚어가던 여립의 머릿속은 그리 오래 걸리지 않아 해답을 찾은 듯 했다.

　"균형...?"

힘의 균형이 이뤄진다는 것은 곧 갈려진 의견 중 그 선택권을 가진 자가 최고의 힘을 지닌다는 것이다. 그 결정권자는 곧 임금... 여립은 그제서야 모든 의문이 풀린 듯했다. 조정 내에서 동인의 권력은 비대해질 대로 비대해져 정사에 있어 그들의 결정을 그저 따를 수밖에 없는 임금이었다. 이에 힘의 균형을 이룰 서인의 득세가 절실히 필요했을 것이었다. 임금의 계략에 희생양이 된 여립 조차도 그 탁월함과 치밀함에 무릎을 쳤다. 동인들의 옹호를 받고 있던 자신을 역적으로 몰아 동인들의 기세를 꺾음으로써 서인들의 등용에 대한 반발을 최소화 한 뒤 적재적소에 서인들을 끌어들인다. 참으로 대범하고도 치밀한 전략이었다. 짐작이라고는 하나 풀려진 의문에 붓을 든 여립의 손목에 맥이 풀렸다. 임금의 입장을 이해하기에 원망할 수도 없었다. 그저 부디 빠른 시간 안에 모든 것이 수습되고 왜국의 침략에 대한 대비를 하여주길 바랄뿐이었다.

"피하십시오!"

"앉거라."

"지체 할 시간이 없사옵니다."

밖에서 벌어지는 칼바람 속의 비명이 방 안까지 이어져 들려왔다. 귓전을 밖으로 세우던 옥남의 눈빛이 점점 두려움으로 역력해졌다.

"아버님..!"

재촉하는 옥남의 외침에도 여립은 여전히 아랑곳 않고 서안(書案)에 놓인 찻잔을 들어 입술을 적시는 여유를 내보였다.

"녀석, 앉으래두…"

자신을 향한 여립의 시선에 거칠던 옥남의 호흡이 차츰 가라앉았다. 한 손에 움켜쥔 칼을 바닥에 놓은 옥남이 여립과 마주하고 앉았다.

"두려우냐? 아니, 겁이 나느냐?"

차마 떼지 못하는 입 대신 흔들리는 눈빛이 대답을 대신했다. 손을 뻗어 옥남의 손을 맞잡은 여립이 서안 끝자락에 놓인 무명손수건을 집어 피로 물든 옥남의 손가를 닦기 시작했다. 평생을 길러 온 난을 쓰다듬듯 조심스레 이어지는 아비의 손길을 지켜보던 옥남의 눈가에 한줄기 눈물이 흘러내렸다.

"염해줄 이도 없는데 깨끗이 가야지. 저 생에서 어이 지내려 이리 묻힌 게야…"

"아버님.. 흑흑…"

피 묻은 팔을 향해 떨어진 눈물이 손등을 타고 흘러 붉은 물이 되어 바닥을 적셨다.

"쾅!"

세찬 발길질과 함께 들어서는 복면을 한 자객의 무리들이 순식간에 여립과 옥남의 목덜미에 칼날을 드리웠다. 저항 없는 두 사람의 반응에 잠시 멈칫하던 선두에 선 자객이 여립의 가슴에 칼을 꽂음과 동시에 옆에 선 또 다른 자객이 옥남에게 드리운 칼을 치켜들더니 타원을 그리며 세차게 베어냈다. 솟아난 피가 자객의 눈가까지 튀어 올랐다.

3. 인연

동굴 속 천정에 박힌 줄을 따라가자 공중에 매달린 작은 호롱불 아래로 평민복 차림의 사내가 예를 갖춘 자세로 서 있는 광경이 들어왔다. 호롱불 아래로 또렷해지는 얼굴을 살피니 다름 아닌 무창이었다.

"마지막은 어떠했는가? 그의 총기정도라면 배후가 나란 사실을 짐작했을 수도 있었을 터인데... 행여, 날 원망하는 눈빛은 없던가?"

불빛을 벗어난 어둠 속 공간에서 손에 든 예리한 칼날을 이리저리 살피던 어둠 속 사내가 하문하며 쓸쓸한 미소를 흘렸다. 쉽사리 답을 못하고 머뭇거리는 무창의 표정을 살피노라니 여립을 죽인 자객의 눈빛이 떠올랐다.

"잊었는가? 세상이 다들 나의 눈과 귀를 가리고 막더라도 자네만은 나에게 진실로 대하기로 한 약조를..."

말을 이어가며 무창의 앞으로 다가서는 사내의 발걸음 소리가 적막한 동굴 안에 섬뜩함을 더했다. 불빛 아래로 드리워지는 칼날에 반사되어 보여지는 얼굴...

선조(宣祖)였다. 검게 그을린 자객의 얼굴과는 상반된 그의 하얀 피부는 칼날에 반사된 빛을 받아 더욱 희디희었다. 칼을 아래로 늘어뜨리며 한 걸음 나선 옥빛 도포 차림의 선조가 불빛 앞으로 모습을 드러내며 재차 추궁의 눈빛을 보냈다. 그제야 무창이 망설임 끝에 입을 뗐다.

"모든 것을 받아들이는 눈빛이었습니다."

"미련한 사람, 차라리 원망이라도 쏟아낼 것이지... 세간의 입방아처럼 부덕한 임금 탓에 부질없는 생만 살다 갔군."

"천부당만부당한 말씀이시옵니다, 폐하."

조선 14대 임금 선조(宣祖).

11대 임금 중종의 서출 왕자를 아버지로 둔 그는 본디 왕의 자리와는 먼 존재였다. 그러나 숙부뻘인 13대 임금 명종이 급서하자 그의 후사가 되어 왕위에 오르게 된 것이었다. 방계로 전왕의 선택을 받아 왕의 자리에 오른 탓에 보위를 지탱해 줄 세력의 부재로 재위 초기 의욕적으로 펼치던 정치는 결국 계파간의 알력 싸움에 변질되며 무력한 왕으로 백성들의 입마저 그를 욕했다. 그 탓일까, 이제 겨우 서른 줄 후반인 그의 안색은 깊은 주름과 초췌한 기색으로 가득했다. 그의 말은 진심이었다.

'부덕한 임금...'

받아들이고 싶지 않지만 들려오고 보여지는 귀와 눈의 소리 앞에 인간적 양심마저 무시하며 현실을 부정할 수는 없었다. 시찰을 위해 변복을 하고 궁 밖을 나가 듣는 소리도 나라님에 대한 원망이요, 하루가 멀다 하고 올라오는 상소 또한 백성의 원성이니, 제 아무리 하늘 아래 최고된 자라지만 보는 눈들과 듣는 귀들 앞에 어찌 넉살좋게 아닌 체 할 수 있겠는가.

"폐하?"

어둡던 선조의 입가에 옅은 미소가 띠워졌다. 허나, 단순히 만족에 찬 미소가 아닌 왠지 모를 씁쓸함과 아쉬움이 공존하는 느낌을 갖게 하는 미소였다.

"이 나라에서 과인을 전하가 아닌 폐하라고 부르는 유일한 사람이 자네인 거 아는가, 무창?"

"망극하옵니다. 폐하."

선조의 말뜻을 그 누구보다 잘 알기에 무창의 얼굴 또한 안타까움과 죄스러움으로 가득 찼다.

"또 하나 있지, 나를 벗이라 부를 수 있는 유일한 이, 또한 자네지…"

"폐하, 어찌 그런 말씀을… "

어쩔 줄 몰라 하는 무창의 곁으로 선조가 바짝 다가섰다. 곧이어 선조의 뻗은 손이 동무를 대하듯 익숙하게 무창의 어깨에 얹어졌다. 미소 짓는 표정 속에서 왕의 기품과 근엄은 보이지도 느껴지지도 않았다.

"난 그 둘 중에 후자가 듣고 싶은데…?"

"하오나…"

"쯧쯧쯧… 정말 변함이 없어도 너무 없어. 매번 어명을 내려야 그리 할 텐가?"

단칼에 사람을 베어내던 잔인함과 단호함은 온데간데없이 난처해하는 무창의 표정에서 나이에 걸맞지 않는 귀여움마저 느껴졌다. 재촉하는 선조의 눈길에 마른침을 삼키며 머뭇거리던 무창이 결국 바싹 마른 입술을 뗐다.

"규, 균이…"

"하하하.. 그래, 창이!"

호탕한 선조의 웃음소리가 동굴 안을 울렸다. 웃음기를 이어가며 무창을 이끈 선조가 동굴 밖으로 발걸음을 옮겼다. 못이기는 척 이끌려가는 무창의 표정에서 한층 편안함이 묻어났다.

잠시 후, 자리를 옮긴 두 사람이 주막 안 평상에 걸터앉았다. 선조의 뒤로 한가득 짐 보따리를 둘러멘 장돌뱅이들이 쉴 새 없이 드나들었다.

"내 특별히 두 분 잘난 생김에 전부치 넉넉히 더 얹었으니 많이들 드슈."

술상을 내려놓은 주모가 선조와 무창을 번갈아 보며 색기를 흘리고는 돌아섰다. 못돼도 서너 명의 아이는 낳음직한 큼지막한 엉덩이가 시선을 잡아끌었다.

"진수성찬이 아니라 미안허이."

술병을 들어 무창에게 따라주는 선조의 얼굴에서 겉치레가 아닌 진솔한 미안함이 묻어났다.

"아닙니다, 폐.."

"어허, 또!"

선조의 눈치에 잠시 말을 멈칫하던 무창이 아무래도 쉽게 말이 떨어지지 않는 듯 받아 든 사발을 한 번에 들이키고는 작심한 듯 입을 뗐다.

"아닐세, 친구."

무창의 대답에 멀뚱히 바라보던 선조의 입가가 서서히 미소를 띠우더니 이내 호탕한 웃음소리가 이어졌다.

"하하하.. 그래, 자네가 그리 너그러이 이해해주니 고맙네. 내 비록 가야금 한 가락에 기생들 치마 속 구경은 함께 해주지 못 하나 대신 오늘 이 주막에 있는 술독 전부는 매점해 줄 테니 맘껏 드시게나."

무창과 사발을 부딪치며 한껏 들뜬 표정으로 객잔의 여느 잡놈들처럼 벌컥벌컥 소리 내어 들이키는 선조의 행동거지가 무척이나 자연스러웠다. 잠시 바라보던 무창 또한 선조의 흥을 깨지 않으려 마치 경쟁을 하듯 소리 내어 사발을 들이켰다. 주거니 받거니 이어진 술잔의 기울임이 어느새 술시를 넘어 해시에 다다랐다. 한가득 자리 잡고 있던 객들이 빠져나간 주막 안은 휑한 기운이 감돌았다. 취기가 한껏 오른 선조가 소피를 보기 위해 자리에서 일어섰다. 부축하려 일어서는 무창을 향해 선조가 손사래를 쳤다.

"됐네, 앉아 있게."

무창이 엉거주춤 하는 사이 돌아서 평상 끝자락을 지나치던 선조가 발을 헛디뎌 앞을 향해 고꾸라졌다. 재빨리 몸을 날린 무창이 아슬아슬하게 선조의 허리를 부여잡았다. 방금 전 초점을 잃은 취기 가득했던 눈빛은 온데간데없이 멀쩡한 모습으로 무창을 바라보는 선조의 얼굴에서 쓸쓸함이 묻어났다.

"창이, 오늘 하루만은 내가 아닌 자네를 위해 즐겨주게, 진정 벗으로서의 바램일세."

말을 끝낸 뒤 뒷간을 향해 걸어가는 선조의 처진 어깨가 무창의 마음을 더욱 무겁게 했다. 그것이 그간 나라님으로서의 짊어지고 살아온 보이지 않는 고충에 짓눌린 중압감 탓이란 걸 그 누구보다 잘 아는지라 안타깝고 또 안타까웠다. 바라보는 무창의 맘이 미안함과 안쓰러움으로 가득 차올랐다.

"자네가 나의 손을 잡아준 그 순간부터 내 삶은 자네 것이 되었다네, 친구..."

놓여진 술잔을 바라보던 무창이 회상에 젖은 듯 지그시 두 눈을 감았다.

4. 회상

1557년 6월.

요양 차 왜국을 찾은 부친 덕흥군을 따라 한양을 출발해 근 삼십여 일의 여정 끝에 정천(淀川:요도가와)을 거쳐 경도(京都:교토)에 발을 내딛는 어린 이균(선조)의 입에서 그간의 지루함을 날려 버리려는 외침이 일었다.

"아~ 이 얼마 만에 밟아보는 땅인가..."

앳된 아이의 입에서 나오는 한숨과 넋두리 치고는 그 깊이가 심오했다.

허나 그도 잠시, 그간 화첩으로만 보아 오던 것 이상으로 화려하게 펼쳐진 눈앞 광경에 입이 떡 벌어졌다. 각양각색의 주변 풍광이며 왜인들의 독특한 차림새는 균을 다시금 동심 가득한 아이의 모습으로 되돌려 놓기에 충분했다.

"큭큭큭.. 아버지, 저 사람들 머리가 왜 저래요?"

앞머리를 밀어 깎은 촌마게(일본식 상투)의 사내들을 발견한 균이 신기한 듯 손으로 가리키며 물었다.

"전쟁 때 투구 쓰기 편하라고 다들 저리 앞머리를 미는 거란다."

고개를 끄덕이던 균의 눈앞으로 '또각, 또각..' 소리와 함께 왜나막신을 신은 이들이 지나쳐 갔다.

"어? 아버지 저 사람들 비도 안 오는데 나막신은 왜 신은거래요?"

"왜국이 본래 수시로 비가 오는 땅이라 다들 언제 내릴지 모를 비를 대비해 신고 다니는 거란다."

"저 여자들 허리에 찬 저 보따리는 뭐예요? 손에 든 저건 뭐예요? 우산인가...?"

기모노를 입은 여인이며 왜국의 전통 우산인 와가사며 눈에 보이는 족족 평소 호기심이 유달리 넘쳐났던 균이 신기함에 연신 질문을 내던졌다. 그런 아들의 호기심 어린 질문이 귀찮을 만도 할 진데 전혀 내색 없이 하나하나 찬찬히 알아듣기 쉽게 답해주는 덕흥군이었다. 일일이 답해 주는 것도 모자라 행여 균이 지나치고 가는 것까지 설명을 덧붙여 주는 그의 모습에서 권위보다는 지극히 평범한 여느 아비의 친근함이 느껴졌다. 사실, 금번 요양 길에 균을 데리고 온 것에는 나름의 깊은 뜻이 숨겨져 있었다. 겉으로는 요양을 위한 행차라지만 그 속내는 다른 곳에 있었다. 평소 자신을 총애하던 임금이 편전에 자신을 불러 넌지시 물어 왔다.

"덕흥군 형님도 알다시피 과인의 하나뿐인 아들인 원자는 날 때부터 병약해 그간 세자 책봉을 미루어 왔지만 더 이상 지체하기엔 무리인듯 싶소. 해서 조만간 전교를 내릴까 하오."

"잘 생각하셨습니다. 전하."

"그래서 말인데 부탁 하나만 들어주겠소?"

그간 듣지 못한 나직한 어조에 잔뜩 긴장한 덕흥군이 마른 침을 삼켰다. 이어진 임금의 부탁은 다급하고도 진솔했다.

"내 아무래도 명을 길게 이어가진 못할 것 같소. 그리되면 필시 어린 나이에 세자가 내 뒤를 이어야 할 것인데 그 아이 역시 제 몸 하나 건사 하기도 힘든 녀석인지라 정사를 돌보는데 있어 필시 고충에 많이 힘겨 워 할 것입니다. 하여 내 이르는 말인데 후에 세자의 곁에서 바른 말을 건네고 의지가 되어 줄 동무를 형님의 자제들 중 찾아 골라 가까이 지내 게 하여 주시겠습니까?"

"전하, 어찌 그런 나약한 말씀을... 소신 아니 들은 걸로 하겠습니다."

답변은 거부 뜻을 내비쳤으나 이미 맘을 정하고 하는 말인지라 부탁이라고 하지만 하명이나 진배없는 임금의 말에 결국 뜻을 받들 수밖에 없는 덕흥군이었다. 돌아오는 길에 고심을 하다 간택한 아이가 바로 균이었다. 어리지만 총명하기가 형들 못지않고 무엇보다 양보를 아는 점이 결정에 큰 몫을 했다. 양보를 안다는 건, 곧 분수를 알고 욕심이 없다는 것이기에 적어도 도리를 벗어난 과욕은 없으리란 확신이 들어서였다. 맘을 정하고 나니 할 일이 밀려 쏟아졌다. 임금을 돕기 위해선 나라가 돌아가는 실정도 몸소 느끼게 해야 했고, 주변국의 정세들도 숙지시켜야 했다. 그 일환으로 요양을 빙자한 왜국 방문에 균을 동행시킨 것이었다. 한참을 쉴 새 없이 질의응답을 주고받으며 바삐 시선을 옮기고 있는 균의 콧등 위로 빗방울이 떨어졌다.

"이야, 비다! 아버지, 아버지 말씀대로 정말 비가 와요."

햇살이 드리운 맑은 하늘 사이로 하나 둘 떨어지는 빗방울이 마냥 신기한 듯 균이 양손을 허공을 향해 내뻗었다.

"도련님, 어서 오르시지요."

곁에선 참봉 고덕선이 균을 가마로 인도했다.

"응."

못내 아쉬운 듯 가마에 오르는 와중에도 최대한 많은 것들을 머릿속에 담아두려 주위를 한 바퀴 둘러보며 재차 되새기고 나서야 가마에 오르는 균이었다.

"치이~ 치이~"

소리와 함께 손을 내저으며 선두에 선 왜의 무사들이 길을 터 나아가자 취타대의 풍악과 함께 행렬 무리가 길게 꼬리를 이어 뒤따랐다. 행렬길이가 어찌나 긴지 선두 무리가 족히 삼리가 넘는 대로(大路) 끝에 다다라 방향을 틀어 사라진 뒤에도 한참이 지나서야 마지막 후미가 방향을 틀어 모습을 감추었다. 지나쳐 가는 길목 곳곳에는 수많은 환영 인파들이 나무 위고, 담벼락이며 발 디딜 틈이 있는 곳이라면 가리지 않고 자리 잡고 있었다. 그도 그런 것이 1510년(중종 5년) 발생한 삼포왜란 이후 조선의 사절 왕래가 전무했던 터라 비록 개인적 요양을 위한 행차라고 하지만 조선 왕가의 입국은 왜인들에겐 통신사절 만큼이나 귀한 볼거리였다.

두 시간여의 이동 끝에 숙소인 교토 최고의 사찰 청수사(淸水寺:기요미즈테라) 앞에 행렬이 멈추어 섰다. 최대한 조용히 머무르길 요청했던 덕흥군의 뜻과는 달리 청수사 앞은 행렬 맞이를 위해 깔아 둔 붉은 융단 좌우로 마중 나온 관료들과 사찰 관계자들로 가득했다. 가마가 내려지자 오는 동안의 지루함이 컸던지 엎드려 등을 대주려 시종이 다가서기도 전에 뛰어내리다시피 땅으로 내려서는 균이었다.

"으~ 으~"

길게 기지개를 켜는 사이 저 만치 앞쪽 가마에서 모습을 드러낸 덕흥군을 향해 마중 나온 왜의 관료와 승려들의 인사가 이어졌다.

"인왕문."

어느새 덕흥군의 옆으로 다가선 균이 계단 위로 보이는 정문의 현판글귀를 손으로 한 자 한 자 가리키며 소리 내어 읽었다.

"문이 왜 저렇게 붉어요?"

조선에서 보아오던 사찰과는 달리 처마 아래로 이어진 넓이가 삼십 척(尺)이 넘어 보이는 듯한 문의 붉디붉은 색감에 탄성과 의아함을 동시에 자아내며 균이 물음을 내던졌다.

"이곳 기요미즈테라를 지으신 아츠오 오오우치 대장군께서 선조인 백제인의 풍습을 따라 악귀를 쫓고자 그리하셨다고 전해지옵니다."

검은 승복 밖으로 노란 두루마기를 걸친 여타 승려들과 달리 붉은 두루마기를 한 고승이 균과 눈높이를 맞추며 친절히 답했다. 연륜이나 복장의 차별성으로 보아 단박에 주지승임을 알 수 있었다. 답변을 들은 균의 눈동자가 또 한 번 휘둥그레졌다.

"어라, 우리 본국 사람인가요? 우리말을 어찌 아십니까?"

"본래 이곳 교토가 백제의 후손이신 간무왕이 터전을 닦으신 곳이라 예로부터 많은 백제 인들이 정착해 살아오고 있습니다. 그런 연유로 여직 많은 이들이 조선의 말과 혼용해 쓰고 있지요."

주지승의 말에 자부심 어린 표정으로 균이 고개를 끄덕였다.

"먼 길 오시느라 고단하실 텐데 어여 오르시지요."

주지승과 나란히 서 있던 구로도 노토(궁의 각종 행사를 담당하던 장관)인 이시하라가 덕흥군을 향해 낮은 자세로 안내의 손짓을 내밀었다. 옆에 선 균의 손을 잡은 덕흥군이 이시하라를 지나쳐 입구를 향해 발걸음을 옮겼다. 그 뒤를 조선의 일행들이 뒤따랐다. 걸음을 옮긴 덕흥군이 계단에 발을 딛자 이를 신호로 양옆으로 대기하고 서 있던 풍악대가 풍악 연주를 시작했다. 손을 맞잡고 걸음을 내딛는 균의 입가엔 연신 앞으로의 기대감과 새로운 환경에 대한 흥미로 인한 미소가 떠나질 않았다.

"연회장으로 납시지요."
등지고 선 균을 향해 고덕선이 다섯 보의 거리를 두고 다가서 멈추며 아뢰었다. 소리에 서너 명의 시종들의 도움을 받으며 대례복으로 갈아입은 균이 돌아섰다. 가슴부분에 새겨진 금실로 짠 봉황 문양의 화려함에 벽에 걸린 형형색색의 화조도(花鳥圖)마저 그 존재가치를 잃었다. 불편함을 확인하려 두 팔을 벌리자 널따란 소매가 펼쳐지며 감춰져 있던 날개가 모습을 드러냈다. 잠시 바라보던 균이 두 팔을 퍼덕이자 마치 봉황이 살아 날갯짓을 하는 듯했다.
"고 참봉, 이것 봐. 진짜 나는 것 같지 않아?"
대답대신 옅은 미소를 짓는 고덕선이었다. 고덕선의 미소가 그치기도 전에 그를 지나친 균이 하늘을 나는 시늉을 하며 돌연 문밖을 향해 뛰쳐나갔다.

"조심하십시오. 도련님...!"

바삐 뒤쫓는 고덕선의 뒤를 종종걸음으로 따르는 시종 행렬이 사뭇 어미오리를 따르는 새끼들 모양새와 같았다.

"꺄오~ 꺄오~"

새소리를 내며 곧고 길게 뻗은 널찍한 통로를 내달리던 균이 고개를 돌려 저만치 뒤에서 쫓아오는 고덕선 일행을 바라보며 익살스런 표정으로 웃고는 다시금 고개를 돌렸다. 순간, 옆쪽 통로에서 갑자기 튀어나온 사내아이의 이마가 균의 이마를 향해 돌진해 왔다.

"쿵!"

소리와 함께 두 아이 모두 바닥을 향해 나뒹굴었다. 부딪힌 소리가 어찌나 컸던지 저만치 뒤쫓아 오던 고덕선의 귓전까지 들려왔다.

"도련님!"

뜀박질이 금기사항인 것 마저 잊은 고덕선이 부리나케 달려왔다. 다가선 그의 얼굴이 새하얗게 질렸다.

"괜찮으십니까?"

고덕선의 부축을 받으며 일어선 균이 이마를 매만졌다.

"아야.. 어? 혹!"

옅은 신음과 함께 만져지는 혹에 적잖이 놀란 균의 두 눈이 휘둥그레졌다. 균의 시선이 인상을 찡그리며 일어서는 맞은 편 사내아이에게로 향했다.

"야, 너 때문에...???"

따지려는 듯 입을 떼던 균의 표정에 돌연 웃음끼가 도는가 싶더니 이내 재미난 광경이라도 본 듯 피식거렸다.

"큭큭큭.."

웃으며 가리키는 손가락을 따라가자 사내아이의 이마 또한 밤송이만한 혹이 부풀어 올라와 있었다. 혹을 매만지며 균의 웃음에 잠시 불쾌한 표정을 짓던 사내아이가 균의 차림새를 훑고는 얼른 머리를 조아렸다.

"도.. 도련님!"

이마를 바닥에 댄 채 떨리는 목소리로 입을 떼는 사내아이의 눈가에 두려움이 서렸다.

"네 이놈, 감히 도련님 옥체에!"

조아린 사내아이를 향해 호통과 함께 다가선 고덕선이 냅다 손을 치켜들었다. 각오했다는 듯 질끈 두 눈을 감는 사내아이가 어금니를 물었다. 한데, 어찌 된 일인지 이미 와 닿아야 할 고통이 느껴지지 않았다. 의아함에 살며시 실눈을 뜨는 아이의 눈앞에 고덕선을 막아선 채 해맑은 미소를 띠우고 있는 균의 모습이 들어왔다.

"괜찮아?"

뜻밖의 상황에 시선이며 몸이며 사지를 어찌해야 할지 몰라 하며 주춤하는 사내아이였다. 눈치를 살피는 그의 두 눈에 균의 뒤에 선 고덕선이 들어왔다. 금방이라도 잡아먹을 듯 노려보고 선 고덕선의 눈빛에 오금이 저린 사내아이가 얼른 시선을 아래로 내리깔았다.

"이름이 무엇이냐?"

겁에 질려 머릿속이 화선지에 쏟아 부은 먹물마냥 새까매진 사내아이는 두 눈을 질끈 감고 입마저 닫았다. 그저 이 순간이 꿈이었으면 하는 심정뿐이었다.

"이놈, 도련님이 물으시지 않느냐!"

찬물을 쏟아 붓듯 정신을 돌려놓는 고덕선의 호통에 사내아이가 반사적으로 말문을 열었다.

"오.. 오오우치 아츠오 입니다."

"오오우치?"

잠시 눈동자를 굴리던 균이 고덕선을 향해 물었다.

"오오우치..? 오오우치? 아, 고 참봉 오오우치 성씨면 백제 후손 아닌가?"

"그러하옵니다."

"아하, 그래서 우리말을 아는구나."

답변을 들은 균이 고개를 끄덕이고는 뒷짐을 진 채 아츠오를 지나쳐 나아갔다. 그 광경에 잠시 멀뚱거리던 고덕선이 힐끔 아츠오를 노려보고는 얼른 균의 곁으로 거리를 두고 다가서며 따랐다. 그 뒤를 시종행렬이 종종 걸음으로 뒤따랐다. 행렬 마지막에 선 시종의 발걸음이 자신의 조아린 머리 옆을 지나쳐 가고서도 한참 동안을 아츠오의 고개는 올라올

줄 몰랐다. 잠시 후, 사방이 고요해진 것을 귀로 확인한 아츠오가 천천히 고개를 들었다.

"휴우~"

지옥 문턱에 발을 내딛다 얼른 빼어 내 기사회생한 사람처럼 길게 내뱉는 아츠오의 한숨에 크나 큰 안도가 서렸다.

"아이 참, 하필이면 이마야. 창피하게..."

어쩔 수 없는 아이인지라 좀 전의 위기는 그새 잊은 듯 이마에 난 혹을 매만지며 투덜대는 아츠오였다.

"아차! 내 정신 좀 봐."

혹을 매만지던 손을 멈춘 아츠오의 동공이 일순간 커졌다. 그제야 자신이 향하던 길이 떠오른 아츠오였다. 자학하듯 이마를 쥐어박고는 허겁지겁 균이 사라져간 방향으로 내달리기 시작했다.

"우와~"

연회장을 가득 메운 사람들의 함성소리가 안이 떠나갈 듯 울려 퍼졌다. 지켜보는 이들의 시선에 경이로움에서 우러난 찬사가 느껴졌다. 창을 든 백여 명의 사병들로 둘러싸인 원형의 공연마당 안에선 조선에서 온 마상 무절단의 마상재(馬上才, 마상 무예를 기본으로 한 마상곡예)가 펼쳐지고 있었다. 한 손에 든 부채로 중심을 잡으며 주마입마(走馬立馬, 말등 위에 서는 기술)를 해 보이는 기수의 옆을 또 다른 기수가 마상도립(馬上倒

立, 말 등 위에 거꾸로 서는 기술)의 자세로 아슬아슬하게 지나쳐 가자 지켜보던 이들 모두가 누가 먼저랄 것도 없이 일제히 탄성을 쏟아냈다. 계속해 마협장신(馬脇藏身, 말의 한쪽 옆구리에 숨듯 매달리는 기술), 좌우초마(左右超馬, 달리는 말을 좌우로 넘나드는 기술)등의 고난도 곡예술이 이어지자 왜인들의 환호성은 점점 커져갔다. 중앙 연회석에 자리하고 앉아 지켜보던 덕흥군의 입가에 자부심에서 우러난 흐뭇함이 묻어났다.

"역시 조선의 마상재만은 저희가 단숨에 따라잡기엔 역부족인 듯합니다."

덕흥군의 우월에 찬 미소를 느낀 교토의 다이묘(大名:지방 성주) 미요시 나가요시가 애써 여유로운 미소를 내보이며 입을 뗐다.

"항시 앞서가는 말이 있기에 뒤쫓는 말이 존재하는 것이오. 행여, 앞선 말을 따라 잡는다면 그 다음은 멈춰 서는 일 말고는 없지요."

덕흥군의 화답에 쓰디 쓴 익모초를 씹은 양 나가요시의 인상이 구겨졌다. 일개 다이묘로만 대하는 덕흥군의 언행에 심히 자존심이 상한 것이었다. 사실, 조선의 왕가를 맞이하는 연회라면 쇼군(막부의 수장)이 주최하는 것이 누가 봐도 당연했다. 한데, 쇼군인 아시카가 요시테루가 아닌 나가요시가 자리하고 앉은 이유는 그가 아시카가 요시테루를 몰아내고 실권을 장악한 때문이었다. 직책 상 다이묘지 실상은 허울뿐인 군주를 대신한 실권자였던 것이었다. 사실을 모를리 없을 진데 자신을 인정하지 않는 덕흥군의 태도가 더욱 그를 분노케 했다. 하지만 아직 조선에서 많은 것을 배우고 얻어야 하는 상황인지라 참을 밖에 별 도리가 없는 나가요시였기에 화를 누를 수밖에 없었다.

"저희의 답인사 입니다."

찡그린 얼굴이 꿀 한 수저를 입에 넣은 양 일순간 풀어진 나가요시가 자신감에 찬 목소리로 공연장을 가리켰다. 덕흥군을 향해 들으란 듯이 기개에 찬 박수를 쳐대는 것도 잊지 않았다. 마상재가 끝난 공연장에는 감나무 잎으로 염색한 진회색 복장과 복면을 한 십여 명의 닌자(忍者:둔갑술을 써서 은밀히 정탐 행위 등을 하는 사람)들이 뛰어 들어왔다. 앞뒤로 줄 맞춰 대형을 갖추고 나자 상단에 자리한 나가요시와 귀빈들을 향해 인사를 건넸다. 개중 다른 이들에 비해 작은 체구의 앞줄에 선 두 닌자의 모습이 유독 눈에 띄었다.

"뭐야, 저 난쟁이 똥자루만한 것들은..."

"뭐긴, 난쟁이겠지. 큭큭큭..."

여기저기 수군거림과 키득이는 소리가 들려왔다.

"둥, 두둥~"

시작을 알리는 서너 번의 북소리가 사방을 향해 울려 퍼졌다. 그렇지 않아도 호기심 많은 균의 눈동자가 깜빡임도 멈춘 채 일사분란하게 움직이는 닌자들에게로 향했다. 꽤 많은 시간을 준비한 듯 보폭까지 맞춰가며 정확히 약속된 동선에 따라 좌우로 공간을 벌린 닌자들이 서른 보 정도의 거리를 두고 일제히 멈춰 섰다. 이어, 우측에 선 이들이 큼지막한 배 하나씩을 각자의 머리 위에 올렸다. 그 사이 맞은편 이들은 품에서 수리검(손에 움켜쥐는 작은 칼)이며 다양한 모양의 표창을 꺼내 들었다.

"슉~ 슉~"

허공을 가르며 날아간 표창들이 정확히 머리 위의 배를 향해 꽂혔다. 지켜보던 이들의 박수와 환호가 이어졌다. 열기를 전해 받은 닌자들이 이리저리 바삐 위치를 옮겨 또 다른 진형을 갖추고 멈춰 섰다. 진형을 보면 중앙에 위치한 키 작은 닌자 둘을 나머지 닌자들이 역삼각형 모양으로 포위한 모양새였다. 긴장감을 조성하듯 천천히 등에 꽂힌 칼을 뽑아내는 닌자들의 일사불란한 동작에 일순간 장내는 고요함 속으로 빠져들었다.

"스윽.."

등을 맞댄 두 난쟁이들도 자신들을 둘러싼 닌자들에게 시선을 고정한 채 칼을 뽑아 들었다. 두 난쟁이가 칼을 움켜잡자 이를 신호로 정한 듯 각각 정면으로 마주하고 있던 닌자 둘이 난쟁이들을 향해 달려들었다. 무딘 칼이 아니란 걸 애써 보여주기라도 하듯 다가선 닌자들이 거침없이 난쟁이들의 얼굴을 향해 칼을 내리쳤다.

"흡!"

자신도 모르게 튀어나오는 비명소리를 얼른 손으로 틀어막으며 균이 질끈 눈을 감았다.

"고 참봉, 어떻게 됐어?"

상상 속 처참함을 눈으로 확인하고 싶지 않은 균이 차마 정면을 응시하지 못하고 고개를 틀어 실눈을 뜬 채 옆에 선 고덕선에게 물었다.

"보셔도 됩니다. 도련님."

"정말?"

"네."

"속이는 거 아니지?"

"그럴리가요."

호기심 못지않게 의심 또한 많은 균인지라 재차 확인질문을 하고는 답하는 고덕선의 낯빛까지 세심히 살피고 나서야 조심스레 정면을 향해 시선을 옮겼다. 허공을 나풀거리며 내려앉는 낙엽마냥 천천히 바닥을 향해 떨어지고 있는 복면조각들이 균의 눈에 들어왔다. 서서히 치켜드는 시선으로 보여지는 복면 속에서 드러난 얼굴은 다행히 상처 하나 없이 깨끗했다.

"애들이잖아?"

귀빈석에 앉은 조선 인사들 중 누군가가 중얼 거렸다.

"이곳 기요미즈 테라에선 어릴 때부터 시노비 노모노들을 훈련시키는데 저 두 아이는 이번 연회 시연 행사를 위해 특별히 훈련된 아이들 입니다."

한쪽에 앉은 이시하라가 옆쪽으로 자리한 조선 인사들을 향해 답했다. 이시하라의 말에 몸을 앞으로 내밀며 자세히 살피던 균이 어린 닌자 중

하나를 향해 손가락을 가리켰다.

"어! 저 애는?"

손가락을 따라가면 앞서 연회장으로 오던 길에 이마를 부딪쳤던 아츠오가 복면 속에 감춰져 있던 얼굴을 드러낸 채 서 있었다. 아츠오 또한 자신의 귓가까지 울려 퍼진 균의 소리에 힐끗 시선을 향했다.

"집중해, 아츠오!"

등을 맞대고 있던 혼다 테츠마로가 아츠오의 흐트러짐을 느끼고 낮지만 강한 어조로 속삭였다. 소리에 정신이 든 아츠오가 얼른 풀려 있던 손아귀에 힘을 더했다. 테츠마로에겐 이번 공연이 자신의 인생을 좌우하는 일생일대의 기회인지라 한 치의 실수도 용납되지 않았다.

그는 에타(천민)출신이었다. 개중에서도 대를 이은 백정 집안이었다. 아비는 일대에서 칼질 능숙하기로 소문이 자자했다. 그 탓인지 걷기보다 칼질을 먼저 터득한 테츠마로는 걸음마를 떼고부터는 아예 아비의 옆에서 칼질을 도울 정도로 그 솜씨가 능숙해졌다. 해서 이를 구경하기 위해 온 사람들로 푸줏간은 늘상 붐볐다. 그러던 어느 날, 아침 일찍 영주의 몸종이 말 한 필을 끌고 와 도살을 부탁했다.

"아직 노쇠하지도 않고 이리 실한 놈을 어찌 잡으려 하나?"

길러온 노고가 묻어나는 부드럽기가 비단에 버금가는 놈의 털을 매만지며 아비가 물었다. 어린 테츠마로가 보기에도 녀석에게서 명마의 기품이 느껴졌다.

"마님의 명이니 낸들 아나. 품삯으로 고기 반절치 가지고 나머지는 챙겨놓게. 이따 어두막에 가지러 옴세."

"절반치 씩이나?"

횡재한 듯 찢어진 입의 아비가 행여 말이 달라질까 얼른 도끼를 집어 들었다.

"빠직!"

정수리를 내리치자 어찌나 튼실한 놈인지 사방을 울리는 뼈 내려앉는 소리에 귀가 먹먹해질 지경이었다.

"쿵!"

언제 봐도 실력 하나는 일대에 최고인지라 비명소리 하나 없이 그 거대한 놈이 옆으로 쓰러졌다.

"퉤, 퉤!"

양손에 침을 뱉은 아비가 톱으로 놈의 목을 썰기 시작했다. 아직 살아 있던 놈의 다리 신경이 세차게 꿈틀거렸다. 테츠마로가 재빠르게 다리를 잡자 잠시 요동치는가 싶더니 이내 놈의 다리가 내려앉았다. 기특한 듯 가운데 이가 빠져 목젖이 훤히 내보이는 아비가 테츠마로를 향해 웃었다.

"가서 어미한테 고기 삶을 물 올려놓으라고 하려무나."

"알았어, 나 댕겨 올 때까지 기다려."

양손을 털고 일어난 테츠마로가 행여 아비의 귀신같은 솜씨 구경을 놓칠세라 부리나케 살림채와 이어진 문을 열고 뛰어 들어갔다. 그리고 다시금 도살장 안으로 돌아왔을 때 사단이 벌어졌다. 아니, 끝나 있었다. 문을 열고 들어섬과 동시에 등지고 꿇어앉은 아비의 목이 스르르 미끄러지듯 흘러 바닥으로 떨어졌다. 돌아서는 영주의 살기 어린 얼굴을 보는 순간 겁에 질려 얼른 몸을 숨겼다. 오줌보가 저절로 열려 바닥으로 새어 나왔다. 평소 영주가 자신보다 말을 더 애지중지하는데 시기를 느낀 안주인이 영주가 사냥을 위해 며칠간 집을 비운 사이 말을 없애기로 작심한 것이었다. 후에 아비를 죽이고 돌아간 영주가 안주인마저 베어버렸다는 소문이 전해졌다. 아비가 죽고 나흘도 채 안되어 어미는 여동생 마사꼬와 자신을 두고 장돌뱅이를 따라 사라졌다. 열 살도 안 된 아이 둘이서 살아가기란 여간 쉽지 않았다. 연장이며 솥까지 내다 팔아 한 달여를 근근이 버티다 결국 거지촌으로 들어갔다. 그해 겨울, 발에 동상이 걸린 거지 우두머리가 사경을 헤매며 저승 코앞까지 간 것을 짐승을 자르던 솜씨를 발휘해 신경을 건드리지 않고 다리를 잘라내어 살려주었다. 그 일을 계기로 테츠마로와 마사꼬는 신임을 얻어 편히 지낼 수 있었다. 그냥 저냥 끼니 거르지 않고 지낼 수 있단 것만으로도 행복했다.

 한데, 봄을 알리는 진달래가 만개한 다리 아래 개울가에서 마사꼬와 멱을 감던 그날 일이 터졌다. 테츠마로의 눈에 다리 위를 다정히 걸어가던 장돌뱅이와 어미가 들어왔다. 이성적 사리분별보다 본능이 먼저 움직였다. 냅다 돌을 움켜쥐고 달려가 어미의 뒤통수를 찍어 죽였다. 놀라 달려드는 장돌뱅이의 손등을 물고는 쥐고 있던 돌로 관자놀이를 후려치자 외마디 비명과 함께 그 또한 쓰러져 죽었다. 아비의 복수라기 보단 그간 고생스럽게 살아온 자신의 분노가 더욱 컸다. 워낙 보는 눈도 많았고 다른 이도 아닌 제 어미를 죽인 탓에 소문이 퍼져 재판이 벌어진 관청 안은 구경꾼으로 미어터졌다.

"그 무엇보다 자신을 낳아준 어미를 죽인 죄는 씻을 수 없는 중죄이기에 죄인에게 사형을 언도한다."

판관의 소리에 묵묵히 받아들이는 테츠마로의 의연한 눈빛을 지켜보던 군중 여기저기서 수군거림이 일었다. 옥방(獄房)에 갇혀 죽음을 기다리자니 긴 한숨이 새어 나왔다. 죽는 것은 두렵지 않으나 하나뿐인 혈육 마사꼬 걱정에 사형을 앞둔 밤이 편치가 않았다. 이리저리 뒤척이고 있노라니 어둠 속으로 그림자 하나가 다가서며 물어왔다.

"두려우냐?"

돌아보니 길게 늘어진 하얀 눈썹이 인상적인 육순쯤 돼 보이는 낯선 이가 지켜보고 서 있었다. 큰 키는 아니어도 나이에 비해 꼿꼿이 선 허리하며 벌어진 어깨가 글쟁이보단 무사의 기운이 느껴졌다.

"누구쇼?"

"놈, 묻는 말에나 답하거라!"

강인한 어조에 반사적으로 시선을 마주치다 전해져오는 범접할 수 없는 위엄에 한 풀 기가 꺾인 눈빛으로 테츠마로가 답변을 토해냈다.

"어차피 구걸이나 하다 다할 목숨, 고생스럽지 않게 일찍 가는 게 나을지도 모르죠. 단 하나, 남겨 두고 가는 철없는 여동생이 눈에 밟혀 그렇지... 그것만 아니면 딱히 아쉬울 것도 미련도 없습니다."

"어린놈이 당돌하구나."

"먹고 살려니 대가리가 일찍 깨우쳐 지더이다."

"살고 싶으냐?"

"!!!"

뜻하지 않은 제안에 테츠마로가 멈칫했다. 한낱 농으로 치부하기엔 너무나 절절하게 가슴에 와 닿았다.

"진정 그리 할 수 있습니까?"

답을 들은 사내가 말없이 손에다 작은 환을 쥐여 주었다.

"잠들기 전에 먹거라."

사내가 사라진 뒤 의심의 여지없이 약을 삼켰다. 누군지도 무엇 때문인지 모르지만 그냥 그리 해야 할 것 같았다. 잠시 후 약 기운에 잠이 들었다 눈을 떴을 때 이곳 청수사로 와 있었다.

"일어났네?"

그리고 가장 먼저 대면한 이가 바로 동갑내기 아츠오였다. 아츠오 역시 자신을 데리고 온 상인(上忍:닌자 집단의 지휘관) 연경창의 눈에 띄어 이곳에 온 훈련생이었다. 듣기론 권력 다툼에서 밀려난 지방 성주의 외아들로 일가족이 몰살당하는 과정 속에서 죽음의 문턱까지 간 것을 연경창이 살려내 거두었다고 했다. 끔찍한 광경을 겪은 아이라고는 믿기지 않을 정도로 밝은 아츠오가 테츠마로는 이해가 가질 않았다. 정신이 모자라지 않고서야 어찌 저리 아무렇지 않게 잘 먹고 잘 자고 할 수 있단 말인가? 의리나 애정 따위는 존재치 않는 놈이 분명하다 여겼다. 하여 후에 배신의 상처라도 입을까 애써 아츠오와 친해지려 하지 않았다. 특히나 또래의 누구에게도 지지 않을 자신의 출중한 칼솜씨가 백정인 아비에게서 물려받은 재능에서 비롯되었다면 이에 버금가는 아니 어쩌면 훨씬 뛰어난 아츠오의 솜씨는 무사집안의 피를 고스란히 물려받은 듯 부드러우면서도 간결했다. 테츠마로에게는 그 점이 더욱 아츠오와 거리를 두게 만들었다. 짐승을 때려 죽이고 잘라내는데서 배어난 거칠고 세찬 자신의 검술과는 전혀 다른 아츠오의 검술에 생애 처음으로 부러움을 느꼈다. 부러움은 곧 시기로 이어졌다. 어떻게든 아츠오를 이기려 훈련이 끝난 이후에도 따로 수련을 게을리 하지 않았다. 그에게는 목적이 있었다. 하루 빨리 동생 마사꼬를 데려오는 일이 급선무였다. 당분간은 우두머리가 마사꼬를 돌보아주겠지만 노쇠해 기억력마저 가물가물한 그가 언제 세상을 떠날지 모르는 상황이 그를 다급하고 불안케 했다. 만약 그리되면 마사꼬가 거지 놈들의 노리개가 될 것은 불을 보듯 뻔한 일이었다. 하여 테츠마로에겐 시간이 없었다. 그런 연유로 지금의 이 자리는 무엇보다 중요한 자리였다. 이번 시연을 통해 어떻게든 실권자인 나가요시의 눈에 들어 그의 수하로 들어가는 것이 목적이었다. 너무 어린 나이에 상처와 배신에 휘둘린 탓에 세상살이의 이치를 일찍이 알아버린 것이 스스로도 안타까울 따름이었다.

"세메(공격)!"
살기가 느껴지는 날카로운 구호와 함께 두 아이를 향해 일제히 달려드는 닌자들의 몸짓과 복면 위로 드러난 눈빛에선 결코, 형식적이거나 설렁설렁의 마음은 느껴지지 않았다. 마른하늘을 가르는 번개처럼 연속적으로 맞부딪치는 칼날 끝에서 불꽃이 일었다. 막 광경을 목격한 이라면 실전이라 여길 정도의 생동감 있는 대결에 절로 손에 땀이 쥐여졌다. 행여 어린 닌자들이 위기에 몰릴라치면 군중 속 여기저기서 비명과 안타까운 탄성이 쏟아졌다. 구경거리 중 단연 최고는 싸움구경이라는 사실을 증명이라도 하듯 너무나 몰입한 탓에 일각에 가까운 시간이 흘렀다는 것을 그 누구도 알아채는 이가 없었다. 조선인사들 또한 앞에 차려진 진시황도 울고 갈 산해진미는 물론이거니와 코끝으로 전해오는 향내만으로도 그 가치를 알 수 있는 고급 청주에 조차 손길 한 번 내어 주지 않았다. 그렇게 일각이 막 지나는 찰나 드디어 덤벼온 적들을 모두 제압

하고 청중의 박수를 유도하는 아츠오와 테츠마로의 공중 제비돌기가 이어졌다. 명장면을 보여준데 대한 화답의 박수갈채는 두 아이의 합장인사가 끝나고도 한참이 지나서까지 이어졌다. 서서히 열기가 가라앉으며 박수를 멈추고 장내가 진정 분위기에 접어들자 쓰러져 있던 닌자들이 하나 둘 일어났다. 일사분란하게 등장 때와 동일한 진형으로 열을 맞춰 선 닌자들이 단체 합장하며 인사를 건네자 여기저기서 박수와 환호가 터져 나왔다.

"저들이 밤새 정사님의 침소를 지킬 터이니 계시는 동안 안심하십시오."

좀 전의 무안을 되받아 쳐 주려는 듯 옅은 미소만큼이나 얕은 복수심을 숨긴 나가요시가 어깨에 힘이 잔뜩 들어간 채 덕흥군을 향해 입을 뗐다.

"괜한 겁주지 마시구려. 자칫, 듣는 이에 따라 그대가 관장하는 이곳이 감히 법도를 무시하는 범법자들이 우글거리는 무법천지라 오해하겠소."

"무슨 그런! 어험, 그럴리가요…"

반사적으로 튀어나오던 흥분감을 깊게 들이쉬는 한숨과 함께 집어 삼킨 나가요시가 애써 무표정한 얼굴로 말끝을 흐렸다.

"펑~"

인사를 마친 닌자들이 한순간 땅을 향해 무언가를 내던지자 희뿌연 연기가 그들을 감싸 가렸다. 곧이어 서서히 장막이 걷히듯 연기가 사라지자 어디로 갔는지 닌자들의 모습이 보이지 않았다. 순식간에 벌어진 광경에 눈으로 보고도 믿기지 않는 조선 인사들이 그들을 찾느라 좌우를 두리번거리며 쉴 새 없이 눈동자를 굴렸다. 개중의 몇몇은 마치 귀신에라도 홀린 모양새로 방정스럽게 몸을 일으켜 앞뒤를 살폈다.

"어디로 갔지?"

균 역시 상 아래고, 처마 위를 올려다보며 행적을 찾느라 정신이 없었다.

"거 참, 신기하네. 고 참봉 혹시 보여?"

"네!? 잠시 만요, 도련님..."

"뭐가 보이는가?"

갑작스런 물음에 체신을 지키려 미동 않고 서 있던 고덕선이 바로 곁에 있던 시종 하나에게 물었다.

"잠시 만요, 참봉 어른."

물음을 받은 시종이 바로 옆에 선 또 다른 시종에게로 다가섰다.

"보여?"

"잠시만요... 어딨는지 보여?"

"아, 됐어, 됐어."

지켜보던 균이 고개를 흔들며 손을 내저었다.

커다란 원탁을 가운데 두고 덕흥군과 마주 앉은 균이 수저를 들었다. 맛과 멋의 조화를 중시하는 왜국의 음식 중에서도 특히 이곳 교토의 음식에는 교료리(교토요리)라는 별도의 명칭이 붙을 정도로 유명했다. 그러한 명성에 걸맞게 아름다운 색채의 식기들과 조화된 다양한 색감의 요리들이 눈과 입을 자극했다.

"균아, 지금껏 여정동안 네가 보고 듣고 익힌 것들을 절대 잊지 말거라. 지금이야 이곳 왜국이 우리보다 약하여 머리 조아리고 두 손을 내밀며, 내어 주길 청하지만 언젠가 힘이 커지고 욕심이 넘쳐나면 분명 내밀던 두 손에 창과 칼을 부여잡고 모든 것을 빼앗으려 달려들 것이니..."

"어찌 그리 생각하세요?"

스이모노(일본 맑은 장국)를 떠먹던 균이 덕흥군의 말에 평소와 다른 진지한 눈빛으로 물었다.

"예전 유람 차 이곳 왜국을 왔을 때와는 달리 지금 그들의 눈빛에 탐욕이 서려 있더구나. 살기 어린 지독한 향내까지 뿜어내며 말이다. 게다가 그때 없던 우월에 찬 자신감이 이 애비에게는 자만심의 기운을 느끼게 하더구나. 자만심은 과욕의 시발점이 되는 법, 곧 이곳에도 한바탕 피바람이 불게다. 그리고 점점 거세진 피바람의 방향이 언젠가 우리 조선을 향해 옮겨 불어올지도 모르겠구나."

왜국의 예사롭지 않은 기운을 느낀 덕흥군의 우려감이 전해진 듯 듣고 있던 균이 조심스럽게 수저를 내려놓았다.

"허니, 하나하나 놓치지 말고 이들에 대해 알고 이해하려 노력하거라.

지피지기면 백전불패임을 잊지 말고."

"네, 아버님."

아비의 깊은 뜻을 숙지한 균의 목소리에 책임감이 가득 묻어났다.

아비와의 진지하고도 엄숙한 식사 탓인지 체끼가 느껴진 균이 청수사 뒷산으로 발걸음을 옮겼다. 뒷짐을 진 채 걷던 균의 눈에 서산 아래로 내려앉고 있는 노을이 들어왔다. 잠시 경치를 눈에 담은 균이 다시금 걸음을 옮겼다. 종종걸음으로 뒤따르는 고덕선과 시종 둘의 발걸음이 가다 서다를 반복하는 균의 보폭에 맞추어 움직이다 보니 뒤에서 지켜보면 우스꽝스럽기 그지없었다.

"이거, 영 속이 내려가지 않네."

아랫배를 쓰다듬던 균의 눈가에 어느 순간 말썽꾸러기 특유의 장난기가 돌아났다.

"괜찮으십니까, 도련님? 많이 불편하시면 내려가셔서 어의에게 진료케 하심이..."

우려의 눈빛과 함께 고덕선이 다가서며 물었다.

"고 참봉..."

말을 끊으며 균이 돌아섰다.

"네, 도련님..."

"자고로 어의가 이르길 식체에는... 뜀박질이 최고 명약이라 했네!"

말이 끝나기 무섭게 균이 냅다 앞으로 내달리기 시작했다. 갑작스런 균의 질주에 놀라 토끼눈을 한 고덕선이 특유의 경보 같은 뒤뚱거림으로 다급히 뒤쫓았다.

"조심하십시오, 도련님! 넘어지십니다."

저만치 앞에서 내달리는 균을 향해 손을 내뻗으며 고덕선이 소리쳤다. 아랑곳 않고 굽어진 길로 방향을 튼 균이 시야에 고덕선이 보이지 않자 그제야 걸음을 멈추고 거친 숨을 몰아쉬며 호흡을 가다듬었다. 곧이어 가쁜 숨이 진정되자 숨을 곳을 찾는지 좌우를 두리번거리기 시작했다. 길 아래 비탈진 곳에 자리한 우거진 풀숲이 눈에 들어왔다. 지체 없이 내려간 균이 풀숲 속으로 몸을 숨겼다. 숨을 죽이고 시야를 가리고 있던 잎사귀를 들자 고덕선이 시종 둘과 함께 사색이 된 얼굴로 '도련님!'을 외치며 지나쳐 가는 광경이 들어왔다. 그 모습을 바라보고 키득거리며 즐거워하는 균의 모양새가 영락없는 아이였다. 고덕선 무리가 완전히 사라진 걸 확인한 균이 자리에서 일어났다.

"큭큭큭.. 그렇게 당하고도 또 속다니…"

귀찮은 짐을 덜어내 홀가분해진 균이 뒷짐을 진 채 기분만큼이나 가벼워진 걸음으로 오솔길을 따라 발길을 옮겼다.

"퉁!"

길고 곧게 뻗은 나무들과 봄꽃들로 가득한 숲 속 풍광을 즐기며 거닐던 균의 정수리 위로 무언가가 떨어졌다.

"악!"

머리를 튕겨 나와 바닥에 떨어진 정체를 보니 솔방울이었다. 고개 들어 솔방울이 떨어진 나무 위로 시선을 옮겼다. 풍성히 달린 솔잎들 사이로 무언가 움직임이 보여졌다. 미간을 찡그려가며 자세히 살피니 가지에 매달린 벌집에 손을 뻗고 있는 사람의 옆모습이 보였다.

"거기서 뭐하는 것이냐?"

소리에 놀라 아래를 바라보며 완전히 얼굴을 드러낸 이는 다름 아닌 아츠오였다. 갑작스런 불청객의 등장에 놀란 아츠오가 발을 헛디뎌 그만 중심을 잃고 미끄러졌다.

"으악!"

미끄러진 이도 지켜보던 이도 서로 놀라 비명을 질렀다. 소리와 함께 뒷걸음질 치던 균이 아무런 기척이 없자 걸음을 멈추고 위를 올려다봤다. 다행히 나뭇가지를 잡고 매달린 덕에 아츠오는 무사했다. 허나, 안도할 틈도 없이 아츠오가 붙잡고 있던 나뭇가지 끝자락에 매달린 벌집이 요동에 의해 '툭' 소리와 함께 아래로 낙하하기 시작했다. 올려다보던 균의 눈동자가 더욱 커졌다.

"쿵!"

소리와 함께 균의 발아래로 벌집이 떨어졌다. 너무 놀란 나머지 그대로 굳어진 균을 향해 아츠오가 소리쳤다.

"피해요!"

그제서야 정신이 번쩍 든 균이 냅다 달리기 시작했다.

"엄마야!"

세기를 넘어 이어온 왕가의 품위도 목숨 앞에선 한낱 겉치레에 불과하단 걸 몸소 시연하 듯 균의 뜀박질은 쏜살같았다. 허나, 제 아무리 쏜살같은 빠름이라 한들 한낱 아이의 내달림인지라 집안이 풍비박산 당한 벌떼의 분노를 피하지는 못했다. 얼마 못 가 비명소리가 이어져 들렸다.

"악!, 악!"

몸을 휘감으며 달려드는 벌떼들의 향연에 손을 휘저으며 벗어나려 애쓰는 균의 눈에 사막의 호수와 같은 널따란 강줄기가 새겨 꽂혔다. 수심을 간파할 틈도 없이 강을 향해 균이 몸을 던졌다.

"풍덩!"

"정신이 드십니까?"

기력을 마저 다 회복하지 못한 균이 힘겹게 눈을 떴다. 귓구멍이 무언가로 꼼꼼히 틀어 막힌 듯 적막 속에 고덕선의 분주히 움직이는 입이 눈에 들어왔다. 한참을 물끄러미 바라보다 그 입모양을 보고 겨우 말뜻을 알아들은 균이 대답대신 작게 고개를 끄덕였다. 허나, 그도 잠시 여전히 전해오는 통증에 힘겨운 듯 인상을 찡그리다 다시금 눈을 감는 균이었다.

작게 열려진 창을 통해 새어 들어온 햇살에 찡그림으로 서너 번의 거부

의사를 밝히던 균이 결코 놈이 물러날 생각이 없다는 것을 깨닫고는 힘
겹게 눈을 떴다. 서너 걸음 뒤로 물러나 앉은 고덕선의 모습이 눈에 들어
왔다. 내내 자리를 떠나지 않고 지키고 있느라 힘겨웠던지 밀려오는 졸
음을 이기지 못하고 연신 고개를 끄덕이며 졸고 있었다. 잠시 후, 끄덕
이던 고개에 스스로 놀라 희번덕거리며 얼굴을 치켜드는 고덕선이었다.
입가를 타고 흐르는 침을 닦던 그의 눈에 물끄러미 바라보는 균의 시선
이 들어왔다.

"도련님! 어이쿠.."

깨어난 균을 향해 다가서다 그만 자신의 옷자락을 밟고 넘어진 고덕선
의 입에서 옅은 비명이 새어 나왔다.

"큭큭큭.."

기운을 차린 듯 항시 들어오던 활기에 찬 균의 웃음소리가 들려왔다. 어
둡던 고덕선의 얼굴에 안도감이 서려 들었다.

"괜찮으십니까?"

"얼마나 누워 있었어?"

"다섯 시진이 넘었습니다."

"으으으.."

세찬 기지개를 켜며 균이 몸을 일으켰다.

"그나저나 누가 날 구해준 거야? 물에 뛰어든 후로는 기억이 감감 무
소식이야. 분명 누군가가 나의 손을 잡은 것 같긴 한데... 나의 생명의 은

인이 누구야?"

균의 물음에 평소 같으면 찰나의 틈도 없이 답했을 고덕선이 난색 가득한 얼굴로 연신 마른 입술만을 움직이며 우물쭈물했다.

"뭐야? 왜 답은 않고 벙어리처럼 그러고 있어."

"그것이..."

"촤악~"

곡선을 그리며 날아간 채찍이 형틀에 발가벗겨진 채 매달린 아츠오의 뽀얀 살갗을 화선지 삼아 난을 그리듯 길고 곧은 상처를 만들어 내고 있었다. 얼굴이며 몸 여기저기에 가득한 상처가 태형(笞刑)이 꽤나 오랜 시간 이어지고 있음을 짐작케 했다.

"스물 다섯이요~"

구령과 함께 또다시 날아드는 채찍질에 신경이 마비된 듯 아츠오의 입은 침묵했으며 몸은 축 늘어진 채 미동조차 없었다.

"스물 여.."

"그만!"

되돌아온 채찍을 휘어감아 재차 내휘두르려던 집행관이 소리에 고개를 돌렸다.

"그만하면 됐으니 당장 멈추게!"

근엄함이 깃든 목소리와 함께 균이 연마장 안으로 들어섰다. 그 뒤를 고덕선과 시종들, 그리고 호위 무사 십여 명이 함께 자리하고 섰다. 자신을 향해 쏟아지는 시선의 기운에 밀리지 않으려는 균이 뒷짐 지어 감춘 손을 불끈 쥐어 잡으며 다가섰다. 무리 중 가운데 자리하고 앉은 연경창을 향해 걸음을 옮긴 균이 마주하고 섰다.

"저 아이를 그만 풀어주시게."

단호한 어조로 연경창을 향해 명에 가까운 지시를 내리는 균이었다. 잠시 바라보던 연경창이 자리에서 일어나 균의 앞으로 다가와 섰다.

"인사드리옵니다. 소인 백지(白地:닌자의 한 종파)상인이자 백제의 병관좌평을 지내신 연돌장군의 후손 연경창이라 하옵니다."

연경창이 아뢰는 목소리에 자신의 뿌리 된 나라에 대한 진한 자부심이 묻어났다.

그가 거느린 백지 종파는 그 옛날 간무왕이 평소 총애하던 정이대장군(征夷大將軍) 다무라 마로에게 명을 내려 왕권 유지를 위해 비밀리에 창설케 한 닌자의 시초된 조직이었다. 무엇보다 여타 종파와 다른 점은 백제계인 간무왕의 뜻에 따라 오로지 백제의 후예들로만 조직을 구성하는 것을 기본으로 한다는 점이었다. 이에 일 년의 절반은 전역을 돌아다니며 백제인의 후손 중 자질이 뛰어난 아이들을 찾아내는 것이 상인인 연경창의 주요업무 중 하나였다. 아츠오와 테츠마로 또한 그러한 연유로 이곳으로 들어오게 된 것이었다. 소개와 함께 연경창이 땅바닥에 머리를 조아리자 나머지 이들도 일제히 따라 엎드리며 예를 표했다.

"어흠."

뜻하지 않은 예의에 잠시 벙벙해하던 균이 이내 정신을 가다듬고 작은 헛기침으로 답했다. 소리를 듣고 나서야 자리에서 일어난 연경창이 몸을 비켜 돌려 섰다.

"앉으시지요."

"됐네. 그보다 저 아이나 풀어 주시게."

"아뢰옵기 황송하오나 규율에 따라 저 아이는 죄에 준하는 태형에 처한 후 이곳에서 퇴출되어야 하옵니다."

"말도 안 돼, 보다시피 이렇게 내가 멀쩡히 나왔지 않는가? 그러니 당장 풀어 주게!"

노기에 찬 균의 언성에 주변으로 자리하고 있던 관련된 자들이 우려의 표정을 지어 보였다. 허나, 연경창만은 예외였다. 표정 변화 없이 신장의 차이로 인해 본의 아니게 균을 내려다보며 연경창이 입을 뗐다.

"황송하옵니다, 규율의 무너짐은 곧 조직의 와해로 이어지는 법. 백성을 관장하시는 도련님께서도 능히 이해하시리라 사료되옵니다."

연경창의 반격에 적잖이 놀란 균이 당황스런 표정을 지어보였다. 맘 같아선 냉큼 돌아서고 싶지만 이제 와 물러서기에는 지켜보는 눈들이 너무 많았다. 자존심이 걸린 문제이기에 어떻게든 뜻을 관철시켜야만 했다.

"그야, 그렇지만... 아무리 그래도 부러 그런 것도 아니고 어찌 보면 내 탓도 없지 않으니 이번 한 번만은 너그러이 용서하고 넘어가 주시게."

좀 전의 명령조에서 한발 물러나 부탁조로 연경창에게 말했다.

"그리할 수 없는 소인들의 뜻과 입장을 받아 주시옵소서."

물러설 뜻이 없는 강경한 연경창의 답에 균의 머릿속이 일순간 뒤엉키기 시작했다. 그도 그럴 것이 여지껏 그 누구도 감히 자신의 명을 받들지 않은 이가 없었던 터라 처음 겪는 불복종에 머리를 철퇴로 얻어맞은 듯 그저 멍하니 연경창을 바라볼 뿐이었다.

"그 무슨 무례한 말이오. 감히, 명을 거역하다니!"

균의 당혹 어린 침묵을 간파한 고덕선이 얼른 나서며 소리쳤다.

"닥치시오! 이곳은 그대의 나라인 조선이 아니오. 이 땅에 발 딛고 사는 이는 당연 이곳의 법도를 지키며 살아가야 하는 것이 기본임을 설마 모르진 않을 것 아니오."

"뭐, 뭐라구...!"

흥분한 고덕선의 입술이 파르르 떨렸다. 결국, 차오르는 분을 못 이기고 연경창의 앞으로 발걸음을 들어 옮겼다. 순간, 균의 손이 그를 붙잡았다.

"됐네."

"하오나, 도련님..."

못내 불만 어린 표정을 짓는 고덕선이지만 내심 마땅히 항변할 말이 없던 터에 자신을 제지해준 균이 속내로 고마울 따름이었다. 고덕선이 뒤로 물러선 걸 확인한 후 연경창의 앞으로 나선 균이 짧은 목례를 했다.

"내가 적잖이 실례를 범한 것 같군. 미안하네."

"도련님!"

치욕을 당한 백성의 통곡마냥 울부짖는 고덕선의 소리가 연무장 안을 울렸다.

"도련님..."

그간 한 치의 흐트러짐 없던 연경창 역시나 균의 뜻밖의 언행에 적잖이 놀란 눈치였다.

"그만 가세."

태연히 돌아서는 균의 자태에서 패배자의 씁쓸함이 아닌 비록 앳된 티를 벗지 않은 아이라지만 왠지 모를 존경심이 묻어났다. 균을 뒤따르던 고덕선이 잠시 고개를 돌려 불만 어린 시선으로 연경창을 바라보곤 돌아섰다. 멀어져 가는 균을 바라보는 연경창의 무표정하던 얼굴에 서서히 옅은 미소가 드리웠다.

"풀어줘라!"

연경창의 목소리가 균의 귓전을 때렸다.

경도(京都: 교토)에 첫발을 내딛던 날과 마찬가지로 귀국길을 위해 청수사를 나서는 덕흥군의 행렬 위로 부슬부슬 빗자락이 내려앉고 있었다.

사방이 트인 가마에 앉은 균은 못내 아쉬운 듯 고개를 내밀어 멀어져 가는 청수사 전경을 눈에 담았다.

"아, 맞다!"

돌아보다 고개를 정면으로 돌린 균이 깜빡 잊고 온 거라도 있는지 손뼉을 마주치며 소리쳤다.

"왜 그러십니까, 도련님?"

놀란 고덕선이 이동 중인 가마와 나란히 걸음을 맞추어 가며 다가서 물었다.

"깜빡했어, 으이그 바보..."

자학하듯 자신의 머리를 쥐어박는 균이었다.

"뭐라도 놓고 오신 겁니까?"

"그게 아니라 왜 닌자들 시연 때 연막과 함께 사라졌잖아. 그 비법을 물어본다는 게 깜빡했지 뭐야. 바보, 바보..."

풀지 못한 궁금증으로 향후 서너 일은 잠을 설치리란 우려에 약간은 짜증 섞인 어투로 균이 재차 스스로를 자학했다.

해시(9시~10시 사이) 초에 청수사를 떠나온 행렬이 한 시진(2시간) 가까운 이동 끝에야 정천 강(요도가와 강) 나루터에 다다랐다. 환송 인파들로 나루터는 이미 북새통이었다.

"나리, 이것 좀 읽어 봐 주십시오."

"이 그림 좀 보아 주십시오."

익히 조선의 문예에 부러움과 존경을 가진 왜인들인지라 향후 수년이 될지 수십 년이 될지 기약 없는 조선 인사들과의 대면에 수행원들을 향해 자신들이 쓰고 그린 시화들을 내어밀며 평을 부탁하느라 여념이 없었다. 그들을 보고 있노라니 왠지 모를 으쓱함이 균의 가슴을 벅차게 했다.

"고 참봉, 예서부터 걸어가겠네."

"예, 도련님. 멈추거라!"

고덕선의 지시와 함께 가마가 멈춰 섰다. 시종의 부축 없이 곧장 가마에서 뛰다시피 내려오는 균의 모습에서 조급히 조선을 향한 왜인들의 동경을 느끼고픈 맘이 묻어났다.

"나리, 이것 좀 받아 주십시오."

"이것도..."

자신들을 지나쳐 나아가는 균의 차림새와 뒤따르는 시종들의 모습에서 그의 신분을 미루어 짐작한 군중들이 이것저것 값나가는 귀중품부터 구구절절 사연이 담긴 편지문까지 연신 건네려 손을 뻗었다.

"받게. 저것도, 그리고 저것도..."

시전에서 물건을 고르듯 내밀어지는 수많은 물품들 중 맘에 와 닿는 것들을 골라 가리키며 고덕선에게 지시하는 균이었다.

"어!?"

나루를 지척에 두고 돌연 걸음을 멈춘 균의 두 눈이 일순간 커졌다. 인파들 틈으로 보여지는 마굿간 한쪽에서 처량히 쪼그리고 앉아 오하기(일본식 팥경단)를 허겁지겁 먹고 있는 낯익은 안면이 균의 발걸음을 이끌었다.

"도련님... 다들 비켜 서거라!"

인파들 사이를 비집고 들어가는 균의 행동에 당황도 잠시, 시종들과 함께 길을 트느라 고덕선의 목덜미에 한줄기 식은땀이 흘렀다.

"너... 맞지?"

꽤나 오랫동안 굶은 듯 난리통을 비집고 다가선 균의 존재조차 느끼지 못한 채 오하기를 씹지도 않고 삼키던 아츠오가 소리에 고개를 들었다.

"성은 오오우치인 게 기억나는데 이름이 뭐였더라? 아, 아 뭐였는데..."

갑작스런 균의 등장에 도둑질이라도 하다 들킨 것처럼 일순간 모든 신체 기관이 멈춘 듯 미동조차 없는 아츠오였다.

"이놈, 뭣 하느냐? 도련님이 묻지 않으시느냐?"

"켁, 켁..!"

고덕선의 호통에 놀란 아츠오가 막 삼킨 오하기가 목에 걸린 듯 헛기침 세례를 이어갔다.

"오.. 오오우치 아츠오입니다."

몇 번의 삼킴질로 겨우 오하기를 밀어 넣은 아츠오가 머리를 조아리며 답했다.

"맞다! 오오우치 아츠오."

막혀 있던 혈이 풀린 듯 무릎을 치며 아츠오의 몰골을 바라보던 균의 머릿속에 예전 연경창의 말이 떠올랐다.

『아뢰옵기 황송하오나 규율에 따라 저 아이는 죄에 준하는 태형에 처한 후 이곳에서 퇴출되어야 하옵니다.』

"설마, 진짜 쫓겨난 것이냐?"

짐작 확인을 위한 균의 물음을 들은 아츠오가 말없이 고개를 떨구며 답을 대신했다. 잠시 처량하게 바라보던 균이 돌연 자신의 허리춤에 달려 있던 값나가는 비취옥 노리개를 풀었다.

"자."

얼굴 앞으로 내밀어지는 비취옥을 들여다보는 아츠오의 눈이 커졌다. 곧이어 자신을 바라보는 아츠오를 향해 미소를 더한 균이 말을 이어갔다.

"몸 추스를 동안은 지낼 수 있을 거야."

"아닙니다."

"어허, 자존심이 먹거리를 주지는 못하는 법이다. 군말 말고 받거라."

머뭇거리다 조심스레 떠받들며 모아 내미는 아츠오의 두 손 위로 비취옥이 사뿐히 내려앉았다. 떨리는 입술을 애써 앙다물지만 북받쳐 오르는 감정으로 인해 눈가에 눈물이 고였다. 닦으려 손을 올리기도 전에 볼을 타고 내려온 눈물이 바닥으로 떨어졌다.

"감사합니다."

"가세, 고 참봉."

괜스레 무거워진 마음에 균이 바삐 몸을 돌렸다.

"가만!"

그대로 몇 걸음을 나아가던 균이 돌연, 뒤따르던 고덕선의 콧등이 균의 등짝과 화선지 한 장 차를 두고 아슬아슬하게 멈춰 섰다.

"오호, 그래!"

혼잣말이 끝나기 무섭게 아츠오에게로 돌아서 다가간 균이 눈높이를 맞추며 쪼그리고 앉았다.

"내가 무척이나 궁금한 것이 있는데... 지난번 시연 때 연막 속으로 사라졌잖아? 그때 어디로 간 게냐? 그리고 그 연막은 어떻게 만든 것이냐?"

초롱초롱한 눈으로 답을 기다리는 균의 시선이 아츠오를 뚫어지게 바라보았다. 황송했던 아츠오가 눈 둘 곳을 찾아 주변을 두리번거렸다. 둘러싼 군중들 역시 균만큼이나 귀를 쫑긋 세우고 자신의 입을 뚫어져라 바라보고 있었다. 난처한 아츠오가 고개를 숙였다. 상황을 파악한 균이 골몰하듯 눈동자를 이리저리 움직였다.

"일어나!"

균이 입을 떼며 자리에서 일어나 아츠오를 향해 손을 내밀었다. 갑작스런 균의 말에 아츠오는 물론이거니와 지켜보던 모든 이들의 눈이 한순간 커졌다.

"나와 함께 조선으로 가자꾸나."

이어진 균의 말에 여기저기 술렁임이 일어났다.

"도련님, 그건…"

"아버님께는 내가 허락 받을 테니 이 아이의 승선을 귀띔해 두게."

이미 맘의 결정을 내린 균의 단호함을 읽은 고덕선이 더 이상 말을 잇지 못하고 돌아서 시종 하나와 이야기를 나눴다.

"뭣 하는 게냐? 어서 일어나지 않고."

균의 말에도 꿈인지 생시인지 분간이 가지 않는 뜻밖의 상황에 자신의 눈을 의심하며 멀뚱히 앉아 있는 아츠오였다. 보다 못한 균이 아츠오의 손을 덥석 잡았다. 균의 손에서 전해진 온기가 아츠오의 온몸을 휘어 감았다.

5. 선택

　"전하, 모반을 꾀한 대역죄인 정여립이 스스로 자결하여 죄를 인정한 바 당장 관련된 자들을 모두 잡아들여 국법의 엄함으로 다스리시옵소서."

　"전하, 소신 정언신 아뢰옵니다. 정황 상 정여립이 자결하였다고 하기에는 미심쩍은 부분이 있음은 물론이거니와 아직 그 누구에게서도 모반에 대한 자백을 받아 낸 것이 아니오니 조사가 끝날 때까지 조금만 더 기다려 주시기를 간청 드리오옵니다."

낭떠러지 앞에 다다른 원수를 몰아 밀치 듯 거센 서인의 실세 정철(鄭徹)의 성토에 반대되는 동인으로서 위기감을 느낀 정언신(鄭彦信)이 이마가 바닥에 닿을 정도로 깊이 조아리며 아뢨다.

"미심쩍다니! 시신을 확인한 검시관이 시장(屍帳:검시보고서)을 통해 자결을 아뢰었거늘 우의정께서는 그 무슨 당치도 않은 괴변이시오."

"시형도(屍型圖:시신의 상태를 그린 기록지)를 살펴본 결과 등을 뚫고 나온 칼이 미세하나 분명 오른쪽으로 치우쳐져 있었소. 이는 곧 자결한 자가 왼손잡이일 상황이 다분하단 얘긴데... 아시다시피 정여립은 오른손잡이였소."

듣고 있던 선조의 눈빛이 일순간 흔들렸다.

"자신의 부족함을 그깟 짐작으로 덮으려 하는 우의정의 저의가 궁금치 않을 수 없소."

"저의라니! 듣고 있자니 말씀이 과하시오. 판돈녕 부사!"

정철의 굽힘 없는 언행에 침묵을 지키던 좌의정 이산해(李山海)가 참아온 화를 일순간 쏟아내며 소리쳤다. 이산해의 격정에 잠시 멈칫하던 정철이 옅은 헛기침으로 기세를 가다듬은 후 정언신과 시선을 마주하며 입을 뗐다.

"그게 아니라면 확실한 물증을 가져와 보시오. 그럼 내 당장 머리 조아리고 사죄하리다."

물음에 마땅한 답변을 못하고 그저 분노에 찬 눈빛으로 정철을 쏘아보는 정언신이었다.

"전하, 우의정 정언신은 정여립과 구촌친간(九寸親間)이라 애당초 이번 모반에 대한 심문에 있어 공정을 기할 수 없사옵니다. 지금이라도 소인을 본 사건의 위관(委官:죄인을 심문하는 재판관)으로 봉해 주시오면 소명을 다해 진실을 낱낱이 밝혀내도록 하겠사옵니다."

"닥치시오! 전하, 소신 단 한 번도 본 사건에 있어 정여립과의 친족관계를 연관을 지어 행한 적이 없사옵니다. 더 이상 이조의 사욕에 찬..."

"됐소, 그만하시오."

말을 끊는 선조에게서 뿜어져 나온 냉소적 한기가 정언신의 살갗에 와 닿았다.

"모두 들으시오, 이 시각부로 그간 우의정이 맡아 오던 이번 모반사건에 대한 조사를 판돈녕 부사에게 이관 일임할 터이니 다들 정부사가 조속히 사건의 전모를 밝히는데 지위 고하를 막론하고 협조토록 하시오."

"분부 받들어 따르겠나이다, 전하."

외침에 가까운 서인 신료들의 소리에 비해 풀이 죽은 동인들의 목소리가 패권의 향방이 서인에게로 이양되었음을 전해주었다. 기운을 느낀 선조의 입가에 옅은 미소가 드리웠다.

"미처 거기까지 생각지 못 하였사옵니다. 부덕한 소인을 벌하여 주시옵소서, 폐하."

자신의 과오를 스스로도 용서치 못하고 무척이나 괴로운 낯빛의 무창이 정자 바닥에 주저앉으며 무릎을 꿇었다. 난간 앞에 뒷짐 지고 선 선조에게선 그 어떤 미동도 없었고 일언반구도 들려오지 않았다. 그의 시선은 손을 내밀면 잡힐 듯 선명히 연못 위에 떠 있는 둥근달을 향해 있었다.

"혹, 달에 토끼가 산다는 말을 믿나?"

갑작스럽고도 조금은 황당스러운 선조의 물음에 무창이 넌지시 고개를 들었다.

"난 말이네, 아직도 저기에 토끼가 방아를 찧고 있다고 생각하는데, 자넨 어찌 생각하나?"

말을 끝내고 돌아선 선조가 무창의 코앞으로 쭈그리고 앉았다.

"편히 말해보게."

해맑은 미소를 지으며 재차 물음을 던지는 선조였다. 결코, 단순한 물음이라 생각지 않는 무창이기에 뜻을 간파하려 애쓰는 눈빛이 역력했다. 허나 다가오는 제한시간에 초조해진 과거 시험장의 응시생 마냥 시간이 지날수록 더해진 초조함에 머릿속은 답변을 찾기는커녕 더욱 오리무중으로 빠져들었다. 스스로 인내의 한계에 다다른 무창이 자포자기의 심정으로 입을 뗐다.

"사실을 아뢰오면... 믿지는 아니하오나 믿고 싶은 맘이 굴뚝같사옵니다."

그 누가 보고 들어도 진솔한 무창의 답변에 무표정하던 선조의 얼굴에 일순간 화색이 돌았다. 낯빛을 살핀 무창의 콧속에서 소리 없는 긴 안도의 한숨이 뿜어져 나왔다. 무창을 향해 선조가 눈을 맞췄다.

"창이, 내겐 말일세 스스로 결코 변치 말아야겠다고 다짐한 것이 둘이 있네. 그 하나는 백성은 항시 욕심을 모르는 어린 아이와 같이 순수하고 정직한 맘으로 대하라며 행여 그 맘이 달아나려하거든 어린 시절 믿었던 달나라 토끼를 떠올리라던 아버님의 말씀이었고, 다른 하나는 다름 아닌 자네에게 무창(無愴)이란 이름을 지어주며 나와 함께하는 한 더 이상의 슬픔은 없을 거라 한 약조에 대한 불변일세."

"폐하..."

북받쳐 오르는 감흥에 무창의 눈가가 젖어왔다. 과거 왜국에서 어린 아츠오의 손을 맞잡은 때와 같이 역시나 손을 잡아 일으키는 선조였다.

"그냥 잊어라 하면 잊지 못할 터이니 또 명을 내려야겠지."

행여 무안해 할 자신을 배려해 농을 던지는 선조를 바라보며 무창 또한 그 시절로 돌아간 양 흘러내리는 콧물을 소매로 스윽 닦아냈다.

"하, 하.. 하하하하..."

선조의 웃음에 무창 또한 애써 미소를 감추지 않았다.

이산해의 사랑채로 모여든 동인들이 빼곡히 자리하고 앉아 대책을 논의하느라 분주했다.

"필시, 서인들 무리가 정여립 대감을 자결로 위장한 것이 틀림없습니다."

격분한 정언신이 확신에 찬 어조로 제각각 이야기를 나누던 이들을 집중시켰다.

"맞습니다. 고변을 올린 자신들의 입장이 점점 불리해져가자 꾀를 낸 것이 분명합니다. 그냥 이대로 당할 수만은 없습니다."

"듣기론 정철이 요사이 송익필, 한필 형제와 자주 모임을 갖고 있다고 합니다. 정철의 배후에 그들이 있음이 분명합니다."

이발(李潑)의 말에 힘을 실어주려 동생 이길(李洁)이 덧붙였다.

"영악한 송가 형제가 또 무슨 계략을 꾸며내기 전에 당장 조치를 취해야 합니다."

"그 말은 자객이라도 보내자는 겁니까?"

"못할 것도 없지요."

"지금 같은 시국에 작은 행동거지에도 시선이 쏠릴 진데, 누가 봐도 우리를 의심할 그런 섣부른 계획은 저들도 저들이지만 그렇잖아도 복잡한 전하의 심경에 노여움만 더할 뿐입니다."

여기저기 쏟아지는 분분한 의견에 조용하던 사랑채가 일순간 소란스러워졌다.

"그만들 하시오!"

지켜보고 있던 이산해가 서안을 내리치며 소리쳤다. 일순간 정적이 일었다. 때를 같이하여 정적을 깨며 문을 열고 들어서는 최영경(崔永慶)에게로 모두의 시선이 옮겨갔다.

"대감 이것 좀 보십시오. 헉, 헉.."

꽤나 다급히 쫓아온 듯 거친 숨을 내쉬며 최영경이 이산해를 향해 서찰한 장을 건넸다. 훑어보던 이산해가 놀란 낯빛으로 최영경을 바라봤다.

"언제 받은 것이오?"

"닷새 전에 어떤 수행승이 전해주고 갔다는데 종놈이 깜박하고 이제야 건네 왔습니다."

"무슨 내용이기에 그러십니까, 대감..."

영문을 모른 채 두 사람을 번갈아 보던 많은 이들을 대표해 정두언이 물었다. 답변 대신 이산해가 서찰을 건네자 읽어 나가던 정두언 역시나 놀람을 감추지 못했다.

"이건 정대감의 서찰이 아닙니까!"

소리에 옆에 있던 이발이 서찰을 빼앗듯 잡아 읽기 시작했다.

"당장 전하께 아뢰시지요."

"그러시지요, 여기 적힌 대로라면 누가 봐도 정여립 대감이 결백하다는 사실이 명명백백하지 않습니까!"

정언신의 말이 끝나기 무섭게 서찰을 바로 옆 동생 이길에게 건네며 이

발이 거들었다. 두 사람의 의기투합적인 확언에 이산해 또한 수긍하는 듯한 눈빛으로 붉은 입술을 뗐다.

순간,

"그거야, 정대감이 살아 있을 때에나 가능한 말이지요. 이미 말없는 망자가 되어버린 상황에서 저들은 필시 서찰의 조작을 운운하며 물고 늘어 질 게 뻔합니다."

뒤쪽 끝자락에 앉아 그 존재조차도 느껴지지 못하던 이의 소리에 듣고 있던 모든 이들이 뒤를 돌아 소리가 난곳을 쳐다보았다. 여타 도포를 입은 이들과 확연히 구분되어지는 철릭(무관 공복)차림의 현신교위(顯信校尉) 조명학(趙明學)이었다. 자신에게 쏟아진 시선에도 긴장한 표정 하나 없이 나이로 따지어도 갑절을 넘어선 중신들을 향해 다부진 언사를 이어갔다.

"소인의 생각으론 보다 확실한 물증이 더해지지 않은 상황에서 그 서찰, 저들은 물론이거니와 전하께서 보시기에도 한낱 기생의 연애 척독(尺牘:짧은 편지)보다도 못할 것이옵니다."

듣고 있던 이산해의 눈빛이 변화가 이는 듯 흔들렸다.

"그만 하게! 여기는 자네 같은 한낱 교위가 함께 논의를 나눌 만큼 지위고하(地位高下)가 평이한 자리가 아닐세."

"죄송합니다."

정언신의 말에 입을 다무는 조명학의 얼굴에는 마저 생각을 전하지 못한데 대한 아쉬움이 역력했다. 짐작한 반응이었지만 이대로 받아들이고 물러서기가 못내 아쉬울 따름인 이유인 즉, 그와 죽은 여립과의 인연이 중요히 작용했다.

6. 은인

두 사람의 첫 대면은 여립이 예조 좌랑으로 있을 당시 무과 시험에 응시해 향시(鄕試:지방에서 치르는 1차 시험)에 합격하고 원시(院試:한양에서 치르던 2차 시험)를 치르기 위해 시험 당일 훈련원 정문에 다다랐을 때였다. 신분 확인 절차를 위해 길다랗게 늘어선 줄 뒤로 자리를 잡고 서서 순서를 기다리던 조명학의 눈이 커졌다. 보단자(保單子:신원보증서)를 꺼내려 바짓춤을 헤치다 뒤늦게 보단자가 사라진 걸 깨달은 것이었다. 낭패스런 얼굴로 메고 있던 봇짐을 풀어헤쳐 뒤적였지만 그 어디에도 보단자는 보이지 않았다.

"거 빨리 나가지 않고 뭐하는 게요."

뒤이어 서 있던 응시생의 재촉에 힘이 풀린 두 다리를 이끌다시피 앞으로 나서는 조명학이었다.

"이름이 무엇인가?"

검사관이 바라보며 물었다.

"조명학이라 합니다."

"보단자..."

녹명(錄名:응시제출서류)장부에서 이름을 확인한 검사관이 손을 내밀었다.

"저... 그것이 잃어 버렸는지 찾을 길이 없습니다."

소리에 힐끔 바라보던 검사관이 차갑게 답했다.

"규정상 보단자가 없으면 시험에 응시할 수 없네."

"모르는 건 아니나 어떻게 방도가 없겠습니까?"

남들이 듣기에는 태연해 보이나 평소 곧은 성격의 그로서는 대단한 용기였다.

"말했잖는가, 규정이 그러하다고. 괜한 고집부리지 말고 돌아가게. 다음!"

매몰찬 검사관의 다그침에 잠시 머뭇거리던 조명학이 돌연 무릎을 꿇어앉았다. 물러설 곳 없는 절실한 애원이었다. 세 번의 낙방 끝에 어렵게 향시에 합격하며 얻은 기회인데다 언제 또 있을지 모르는 기한 없는 시험을 기다린다는 게 적지 않은 나이인 그로서는 무리임에는 틀림없었다. 해서 집을 나설 때부터 이번이 마지막 기회라는 생각으로 발걸음을 뗐다. 무엇보다 이대로 그냥 돌아서기엔 학수고대하고 있을 부모와 처의 얼굴을 볼 면목이 서질 않았다. 여비 마련을 위해 칠순을 넘긴 부모와 만삭인 처가 한 달간을 남의 집 밭갈이며 삯바느질을 하느라 밤마다 끙끙 앓는 소리를 들은지라 사사로이 자존심만을 고집할 순 없는 도리였다.

"뭐하는 겐가?"

갑작스런 조명학의 행동에 검사관은 물론 주변에 있던 이들의 시선이 일제히 그에게로 쏠렸다.

"부탁입니다. 추후에 다시 받아 가지고 올 테니 일단 시험을 치르게 해 주십시오."

"어허, 이렇게 답답한 사람을 봤나. 내게 그런 권한이 있었다면 뭣 하러 안된다 하겠나, 이래봐야 달라질건 없으니 당장 일어나게!"

"제발, 이렇게 부탁드립니다. 도리가 없다면 차라리 저의 목을 쳐 주십시오!"

뭐든 처음이 낯설고 어려운 법, 어차피 무너진 자존심은 이미 저만치 바다 깊이 던져버린 그였기에 창피할 것도 두려울 것도 없었다. 간곡한 사정에 난감해진 검사관이 괜스레 헛기침을 해댔다.

"그만 일어나게."

"???"

세찬 파도를 잠재우는 용왕의 입김 마냥 잔잔한 음성과 함께 누군가의 손길이 어깨에 얹혀졌다. 통이 큰 관복을 입었음에도 끼일 정도로 꽉 찬 벌어진 어깨와 자신에게 얹어진 손바닥으로부터 느껴지는 굳은살의 굴곡이 무예에 조예가 깊은 자임을 짐작케 했다.

"나오셨습니까."

앉아 있던 검사관들이 병조 좌랑과 함께 다가 선 여립을 향해 일어나 예를 갖췄다.

"내가 보증할 터이니 들여보내게."

순간, 잘못들은 게 아닌가 귀를 의심했다. 여립의 하명에 난감해하며 검사관들이 상관인 병조 좌랑에게로 시선을 옮겼다.

"그리하게."

"이제 되었으니 어여 들어가 준비하게."

"감사합니다, 나리. 평생 이 은혜 잊지 않겠습니다."

그때까지만 해도 너무나 기쁜 나머지 으레 전하는 감사인사로 보은의 뜻을 전한 것이었다.

기창(騎槍:말위에서의 창술) 시험이 끝나고 곧 이어질 활쏘기에 앞서 여기저기 자리를 잡고 화살촉을 다듬거나 활시위를 당겨보며 준비하는 응시생들로 훈련관 안이 분주했다. 그들 사이로 담벼락 한 곳의 스스로 정한 과녁을 향해 시위를 당겼다 놓기를 반복하고 있는 조명학이 보였다. 평소 유독 약했던 활쏘기인지라 더욱 초조하고 긴장되지 않을 수 없었다. 그간 시험에서 낙방한 이유도 실은 활쏘기 때문이었다. 호흡을 멈추고 과녁을 향해 시위를 당기고 있던 그의 귓전에 낯익은 소리가 들려왔다.

"과녁을 좌측으로 정한 건 아니겠지?"

여립이 묘한 미소를 띠우며 다가와 있었다.

"활 잡은 손의 힘이 너무 강해 몸의 중심이 좌로 틀어져 있네. 그런 상태로 중앙에 있는 과녁에 명중하기란 절대 불가능하지. 다시 잡아보게."

갑작스런 등장에 어안이 벙벙해있던 조명학이 여립의 지시에 자세를 잡고 활시위를 끌어 당겼다.

"균형이 무너지는 건 무엇보다 긴장감이 집중력을 흐트려 놓기 때문이지."

손수 몸을 만져 자세를 바로 잡아주는 여립이었다.

"게다가 그렇게 심적인 원인으로 틀어진 자세는 하루아침에 바꿀 수 없기에 더욱 큰 문제인데... 이거 자칫 하다간 자넬 들여보낸 내 얼굴이 무안하게 생겼구만."

"죄송합니다. 나리."

물끄러미 바라보던 여립의 입가에 미소가 지어졌다.

"내 방책을 일러 줄 터이니 나랑 약조 하나 하겠나?"

"네?"

"좀 전에 치른 기창 실력으로 봐선 가망이 있어 보이니 만약 이번 과거에 급제하면 나의 사냥 친구가 되어주게."

무언가 받아들이기 힘든 제안을 예상했던 조명학으로선 의외의 손쉬운 제안에 행여 여립이 맘을 바꿀까 얼른 받아들였다.

"네, 그러하지요."

답을 들은 여립이 땅에 뒹굴던 큼직한 돌멩이 하나를 조명학이 허리춤에 차고 있던 화살통에 집어넣었다. 돌의 무게로 오른쪽으로 몸이 기울자 번쩍 눈이 뜨이는 조명학이었다.

"약조 잊지 말게."

황당한 조명학의 표정을 미리 예상이라도 한 듯 태연히 어깨를 다독이며 돌아서 가는 여립이었다. 그렇게 여립의 덕으로 활쏘기에 나선 조명학은 가까스로 합격 점수를 받아 시험을 마쳤다. 그렇게 자칫 자괴감에 빠져 인생을 포기할 뻔한 자신을 지금의 자리에 있게 한 생명의 은인과도 같은 존재가 바로 여립이었다. 그렇기에 그의 죽음이 그 누구보다도 안타깝고 슬픈 조명학이었다. 그의 억울함을 벗기는 것이 자신이 보은하는 유일한 길이기에 무례를 무릅쓰고 감히 지체 높은 중신들 앞에 생각을 내비친 것이었다.

"계속해 보게."

잠시 바라보던 이산해가 조명학의 맘을 읽기라도 한 듯 신뢰에 찬 눈빛과 함께 운을 뗐다. 뜻밖의 지시에 살짝 정언신에게로 시선을 향하다 되돌린 조명학이 한 시진(2시간) 넘어 이어지던 지루한 노관(老官)들의 언쟁 동안 홀로 품고 가두어 두었던 생각들을 작심한 듯 내뱉었다.

"지금으로써 결백이 담긴 저 서찰에 신빙성을 더할 수 있는, 그래서 저들이 그 어떠한 토도 달지 못할 확실한 물증을 잡는 것이 급선무라 사료됩니다."

"어허, 누가 그걸 모르나. 자네 말대로 물증이 없어 오금을 참아가며 이리 고육지책을 짜내고 있거늘... 그간 게 앉아서 뭘 들은 겐가?"

못내 기대하던 이발이 실망에 찬 표정으로 나무라듯 받아쳤다.

"행여, 좋은 묘책이라도 있는가?"

여직 유일하게 기대감을 놓지 않은 이산해가 마지막 구원의 손길을 내밀었다.

"그것이..."

무어라 답하려던 조명학이 돌연, 주변을 둘러보고는 멈칫하며 말없이 고개를 떨구었다.

"쯧쯧쯧.. 뭔가, 뾰족한 묘안이 있는 것도 아니면서 괜한 내분만 조성하다니..."

애당초 탐탁지 않았던 정언신이 기다렸단 듯이 그간의 못마땅함을 한데 모아 조명학을 향해 쏘아 붙였다.

"죄송합니다."

사죄하는 조명학을 바라보던 이들이 하나같이 낙심한 얼굴로 혀를 차며 고개를 내흔들었다.

7. 함정

"쉬이~ 물렀거라."

 선두에 선 시종의 내저음에 지나가던 행인들이 머리를 조아리며 길을 비켜섰다. 뚫려진 길로 퇴궐하는 어의(御醫) 이공기(李公沂)의 가마가 지나쳐 갔다. 시전을 지난 가마가 이공기의 집으로 다다를 때쯤 돌연 한 사내가 가마 앞으로 뛰어들었다.

 "웬 놈이냐!"

호통과 함께 시종이 막아섰다. 절룩거리는 다리며 천으로 얼굴을 둘러 가린 모양새가 필시 병자인 듯 했다.

"어의 영감, 부디 소신의 몸을 좀 살피어 주십시오."

이공기를 향해 손을 내뻗으며 사내가 소리쳤다.

"아니, 이놈이 감히 어느 안전이라고.. 썩 물러나지 못할까!"

말이 끝나기 무섭게 시종이 사내를 밀쳐냈다. 뒤로 나자빠진 사내가 힘 겹게 몸을 일으켰다.

"제발, 이렇게 부탁드립니다. 한 번만, 제발 한 번만 살펴봐 주십시오."

넙죽 엎드린 사내가 연신 두 손을 비벼대며 사정했다.

"이 놈이..!"

"멈춰라!"

지켜보던 이공기가 발길질을 하려는 시종을 멈춰 세웠다.

"집 안으로 들이거라."

"예에!?, 네, 나으리..."

예상 밖 이공기의 말에 잠시 놀라하던 시종이 머리를 조아렸다.

"나가서 여기 적힌 약재를 구해오너라."

"네, 나으리."

시종이 방 밖으로 물러났다.

"됐으니 일어나시게."

이공기의 말에 누워 있던 사내가 자리에서 일어났다. 얼굴을 가리고 있던 천을 풀자 무창의 모습이 드러났다.

"놈들의 소굴이 그려진 약도일세."

소매 안에서 꺼낸 종이를 무창에게 건네는 이공기였다. 잠시 펼쳐 살핀 무창이 품 안 깊숙이 집어넣었다.

"떠도는 소문이라고 하나 길삼봉의 배후를 안다고 떠벌리는 자들이라고 하니 한낱 왈패 놈들은 아닐 듯싶네. 가능하다면 생포해 오길 바라시네."

"알겠습니다."

"조심하라 이르셨네. 그리고 늘 고맙고 미안하단 말도…"

자리에서 일어서는 무창을 향해 이공기의 전하는 말이 이어졌다.

"대의보다 자네의 안위가 전하껜 소중하단 사실을 잊지 말라 하셨네."

"언제나처럼 멀쩡히 돌아와 찾아뵙겠다 아뢰어 주십시오."

선조의 맘을 가슴에 담은 무창이 화답의 말을 전했다.

십여 명의 복면 무리가 조용히 그리고 빠른 걸음으로 오솔길을 내달렸다. 몸속 깊이 베인 살기가 풍겨 나와 사방으로 흩어졌다. 주변에 있던 다람쥐며 산새들마저 그 살기에 위협을 느낀 듯 바삐 나뭇가지 끝자락이며 둥지로 숨어 든 채 지나가는 무리에게서 경계의 시선을 떼지 않았다. 수풀이 우거진 험난한 산속을 지나 깎아지른 절벽 위를 오르는 무리의 머리 위로 작렬하는 태양이 동행하듯 일직선이 되어 연신 강하게 내리쬐었다. 그간 인적의 오감이 전혀 없었던 듯 징검다리조차 놓이지 않은 꽤나 널찍한 강 앞에 다다르자 선두에 선 사내가 걸음을 멈춰 섰다. 잠시 주변을 경계의 시선으로 훑어보고 나서야 뒤로 줄지어선 무리를 향해 고개를 돌리는 사내였다.

"여기서 잠시 목을 축인다."

눈만 내어 놓고 가려진 복면의 입가를 열어젖히는 사내의 목소리로 짐작컨대 무창이었다. 지시에 옆에선 문경록이 뒤이어 선 복면 무리에게 수신호로 지시를 내렸다. 그제서야 모두들 그간 긴장에 가득 차 잔뜩 힘이 들어가 있던 어깨 죽지를 가라앉히며 참아왔던 숨을 몰아 내쉬었다.

"이 속도라면 묘시(5시~6시)초나 돼서야 당도하겠는데요."

복면을 벗어 든 경록이 역시나 복면을 벗고 목을 축이고 있는 무창에게 말했다. 짙은 눈썹에 깨끗한 흰자로 인해 더욱 도드라지는 새까만 눈동자가 왠지 모를 신뢰감을 주는 경록의 인상이었다.

"일반 행로로 다닐 수 없으니 도리가 없지."

입가를 소매로 닦은 무창이 한쪽에 놓인 바위로 걸음을 옮겨 걸터앉았다. 곁으로 다가 앉은 경록이 무명천에 싸인 육포를 꺼내 무창에게 하나 건네고 자신도 입에 물었다.

"언제쯤 우리의 소명이 끝날까요?"

먼 산을 바라보며 경록이 별 뜻 없다는 투의 가벼운 음성으로 물었다.

"아마도 우리가 죽는 그 순간이겠지..."

긴 한숨과 함께 답하는 무창의 모습에서 수장(首長)으로서의 미안함이 느껴졌다.

지독시리 따라다니던 태양이 이별을 고하며 등 뒤로 물러날 때쯤 벼랑 끝 바위 언저리 앞에 다다른 무리가 걸음을 멈춰 섰다. 바위 끝으로 몸을 옮긴 무창이 아래로 시선을 옮겼다. 우거진 소나무 숲에 둘러싸인 둥근 터 안으로 마당을 앞에 둔 허름한 너와집 한 채가 들어왔다. 동정을 살피고는 물러나온 무창이 뒤에서 대기 중이던 무리들에게로 다가섰다.

"눈에 보이는 이들만 해도 어림잡아 다섯은 넘으니 밤을 기다려 친다. 겸이와 천복이 근접해 척후(斥候)를 살피고 나머지는 은폐(隱蔽)하고 대기한다."

말이 끝나기 무섭게 무리들이 일사분란하게 흩어졌다. 모두들 사라지고 나자 경록과 함께 다시금 바위 언저리로 올라 엎드린 무창이 경계의 눈빛으로 너와집을 살폈다.

"형님..."

경록의 조심스런 내뱉음이 집중하고 있던 무창의 눈과 귀를 흐트렸다.

"무엇이냐? 니가 장군이 아니라 형님이라 부를 때는 항시 뭔가 사고를 쳤을 때 뿐인데... 또 왈패라도 두들겨 팬 것이냐, 아님, 명월관 홍란이 때문이더냐?"

무창의 말에 쉽사리 답을 잇지 못하고 망설이는 경록의 표정에서 갈등이 엿보였다.

"도대체 무슨 큰 사고를 쳤길래 이리 뜸을 들이는 게야? 시급하지 않은 것이면 일이 끝난 후에 얘기하자꾸나."

고개를 돌린 무창이 너와집 가까이로 다가서는 겸과 천복의 움직임을 따라 시선을 움직였다.

"아이가 생겼습니다."

"!!!"

일순간 굳은 얼굴로 변한 무창이 노기 어린 목소리를 내뱉었다.

"규율을 어기면 어찌되는지 잊었느냐!"

"압니다, 해서 달아날까도 생각해 봤습니다. 하지만 절 거두어 주신 형님에게만은 비겁해지고 싶지 않았습니다."

"그만 하거라!"

"전하에게는 결코 미안함이 없습니다."

무창의 나직함 속 분노에도 아랑곳 않고 작심한 듯 말을 이어가는 경록이었다.

"닥치거라!"

"언젠가 누군가의 손에 죽어야 하는 운명이라면 차라리 형님의 칼에 생을 끝내고 싶습니다. 조선 팔도에 형님의 검술 실력에 견줄만한 이

116

는 본 적이 없으니까요... 이번 일이 끝나고 나면 고통 없이 보내 주십시오."

"너!"

멱살을 부여잡는 무창의 손이 세차게 떨렸다.

두 번째였다.

허나 그때는 경록을 살리려하는 의지의 붙잡음이었다면 지금은 죽여야하는 슬픔의 부여잡음이었다. 본디 경록은 함경도 변방의 국경수비대 하급 군관이었다. 어릴 적부터 출중했던 무예실력에 지켜보던 동네사람들은 애고 어른이고 그를 꼬마장군이라 불렀다. 그래서인지 자연스레 그의 꿈 또한 훌륭한 무관이 되는 것이었다. 그의 나이 스물이 되던 해, 꿈이 이루어졌다. 처음 응시한 과거 시험에 단번에 합격한 그는 고향으로 돌아오자마자 지체 없이 오 년간이나 애정을 쌓아온 이웃집 처자 은화와 혼인을 했다. 이제 시작이지만 꿈도 이루었고, 애모하던 은화까지 얻으니 부러울 것도 아쉬울 것도 없었다. 그저 앞만 바라보고 열심히 살아가면 되었다. 한데 혼인한 지 일주일째 되던 날, 국경수비대로 향하라는 하명이 내려왔다. 그렇게 새색시의 살갗냄새가 채 무뎌지기도 전에 생이별을 하고 떠나왔다.

그리움의 세월이 어언 이 년,

처와 주고받던 서신들은 보고픈 마음을 더욱 간절케 했다. 그러던 그에게 기회가 찾아 왔다. 근자에 국경을 마주하고 있던 여진족의 낌새가 예사롭지 않음을 느낀 지휘관이 적진에 침투해 기밀을 빼내올 세작(細作)을 차출한다는 이야기가 들려왔다. 고민도 지체도 없이 공을 세워 포상으로 휴가를 받고자 하는 마음에 자원해 적진으로 숨어들었다. 모든 것이 탈 없이 진행 되어갔다. 허나, 군막 안까지 무사히 침투해 기밀을 훔쳐 나오다 때마침 안으로 들어서던 적장들과 마주치고 말았다. 나름 혼신을 다해 싸웠지만 수적 열세에 결국 무릎이 꿇려졌다. 갖은 고신 속에 닷새를 지내는 동안 함께 온 두 명의 동료는 고통을 견디다 못해 숨을 거두었다. 홀로 남은 자신에게 이틀의 고신이 더 이어졌다. 하지만 입을 여는 순간이 곧 목이 떨어져 나가는 순간이 될 것을 감지한 경록은 처를 떠올리며 핏물을 쏟아내면서도 끝내 입을 열지 않았다. 징그러울 만큼 지독한 경록의 근성에 질려 버린 적의 수장이 날이 밝는 대로 칸에게로의 압송을 지시했다. 때는 지금 뿐이라 여긴 경록은 살갗이 벗겨지고 뼈가 드러날 때까지 묶여진 손목을 비비고 틀어 결국 포박을 풀고 탈출했다. 생사를 건 위험천만의 탈출 와중에도 수장의 막사에서 기밀을 빼내어 오는 것을 잊지 않았다. 죽은 줄 알았던 그가 기밀까지 훔쳐 살아 돌아오자 함경관찰사가 친히 공로를 치하하며 바라는 바를 물었고 이에 휴가를 내어 주십사 아뢰었다. 한 달간의 포상휴가를 명받자마자 기쁜 마음에 지체 없이 말에 올랐다. 버선발로 달려 나올 처 은화를 떠올리며 쉬지 않고 말을 달렸다. 이틀 째 되는 날, 달빛이 중천에 떠오를 때쯤 대문 앞에 도착했다. 어찌나 급하게 말을 몰았는지 귀가를 알리려 보낸 서신보다 먼저 도착했다. 종놈의 인사를 지나침으로 받는 둥 마는 둥 안채를 향해 달려갔다.

"!!!"

세간 문을 열어젖히고 들어선 순간,

눈에 들어온 두 짝의 신발이 그의 내달림을 멈추게 했다. 하나는 분명 처의 꽃고무신인데 다른 하나는 낯설디 낯선 사내놈의 것이었다. 밀려오는 상상을 애써 부인하며 문을 열어젖히자 떠올리던 그 광경 그대로 뒤엉켜 있는 두 연놈의 모습이 눈에 꽂혔다. 허리춤에 차고 있던 환도를 빼어 둘 모두를 단칼에 베어 버렸다. 쓰러지며 무언가 말하려 자신의 바짓가랑이를 부여잡는 처의 손마저 분노에 차 잘라내어 버렸다. 말하려는 것이 무엇이든 들을 이유도 듣고 싶지도 않았다. 적어도 처를 시중들던 종년이 달려와 조아리며 아뢰기 전까지는...

자신이 죽인 사내는 현감이었다.

서신이 오고가던 서방이 어느 순간 답신이 없자 의아하게 여긴 처가 혹시나 하는 걱정에 현감을 찾아가 행방을 부탁했단다. 부탁을 하고 보름이 지난 늦은 밤 현감이 홀로 찾아와 세작으로 들어갔다 전사했다는 소식을 전했다. 청천벽력 같은 비보에 처는 그대로 쓰러졌다. 종년이 보기에 당시 자리에서 넘어가는 처를 끌어안는 현감의 눈빛이 예사롭지 않았다고 했다. 밤낮을 식음도 전폐하고 방 안에 틀어박혀 슬피 울기를 엿새째 되던 날, 동이 트자마자 돌연 방을 나온 처가 현감을 찾아갔다. 시신을 찾기는 만무하니 근처에 가서 제라도 지낼 수 있게 통행증을 발급해 주길 청하기 위해서였다. 이에 현감놈이 본색을 드러내며 밤에 처소에 들리겠다는 언지를 했다한다. 오는 길에 맘을 정하였는지 처가 시장에 들러 제 음식을 손수 골라 집으로 돌아왔다. 해가 내려앉기 전 시종아비를 불러 집안의 가산이며 재물을 평소 서방의 무사안일을 빌던 관음사에 모두 바치고 종들에겐 자유를 줄 터이니 살길을 찾아 떠나라는 말을 전했다. 그리고 눈앞의 사단이 벌어진 것이었다. 제를 지내고 자신을 따라 죽음을 택하려 했다는 사실을 전해 듣자 눈물이 왈칵 쏟아졌다. 흘러도 흘러도 그치지 않는 눈물을 훔치며 처가 자신을 위해 매일을 기도했다는 관음사 옆 절벽 위로 걸음을 옮겼다. 이승에서 못다 한 인연을 저승에서 영원히 이어가리란 마음을 가지니 되려 홀가분해졌다.

"지금 가니 내 손을 잡아주시게."

눈을 감으니 손을 뻗는 처의 모습이 훤히 보였다. 내민 손을 잡으려 양팔을 펼치며 발길을 절벽 아래로 던졌다. 발바닥으로 느껴지던 체중감이 사라졌다. 미소 지으며 다가선 처가 자신의 뻗은 한 손을 맞잡았다. 행복했다. 한데, 맞붙은 손바닥에서 매만져지는 거친 군은살이 낯설었다. 놀라 눈을 뜨자 벼랑 끝에 엎드린 무창이 자신의 손을 맞잡고 있었다.

"놓으시오!"

버럭 소리를 질렀다.

"무슨 힘든 연유인지 모르지만 목숨을 내던지는 것만큼 무의미한 짓은 없소."

"당신이 뭘 안다고 훈계요. 이미 몸을 던지는 순간 맘까지 던졌으니 설득 말고 이 손 놓고 가던 길이나 가시오."

"그거야 당신 하나 편한 길이겠지. 이미 내 눈이 보고 머리가 새긴 이 광경을 그냥 지나쳐 갔다간 평생 악몽을 안고 가야하거늘... 그럴 수 없소이다."

"냐, 놓으란 말이야!"

말로는 통하지 않는다는 것을 깨달은 경록이 사지를 흔들어 대며 무창에게 고통을 안겼다. 하지만 고통에 인상을 쓰면서도 끝끝내 맞잡은 손을 놓지 않는 무창이었다.

"윽!"

계속되는 몸부림 탓인지 잠시 후 무창이 입술을 깨물며 외마디 비명을 속으로 삼켰다.

"그렇잖아도 죽어서 원망 받아야 될 걱정에 맘이 무거운데 당신까지 황천길 가서 원망 보태지 말고 얼른 놓으시오. 얼른...!!!"

무창을 바라보며 소리치던 경록의 눈이 일순간 휘둥그레졌다. 날카로운 이빨을 드러낸 늑대 한 마리가 절벽 아래의 자신을 노려보고 있었다. 그제야 무창의 신음이 늑대 탓이란 사실을 깨달은 경록이 남은 한 손을 무창의 손에 포갰다. 순간, 늑대가 무창의 어깨를 물었다. 잠시 기운이 풀려 팔을 늘어뜨리던 무창이 다시금 온 힘을 다해 경록을 끌어 올렸다. 양손으로 절벽 끝을 잡은 경록이 번쩍 뛰어올랐다. 순간, 그의 눈이 또 한 번 놀라 커졌다. 또 다른 늑대 한 마리가 무창의 다리를 물고 늘어지고 있었다. 무창이 등에 차고 있던 칼을 발견한 경록이 잽싸게 칼을 빼내 어깨를 문 늑대의 목덜미를 베어내자 비명소리와 함께 피가 뿜어져 나왔다. 그 광경에 물고 있던 다리를 놓고는 뒷걸음질 치며 물러나 사라지는 또 다른 늑대였다.

"참으로 무모한 사람이시오. 일면식도 없는 나 하나 구하겠다고 그 위험을 무릅쓰다니... 목숨이 아깝지 않소?"

"내 말이! 목숨은 아까운 것이요, 허니 그 무엇보다 귀하디 귀하게 여겨야 한다오."

허를 찌르는 무창의 답에 입고 있던 옷을 찢어 상처를 동여매주던 경록이 허탈한 웃음을 지었다. 그날 이후, 살인자로 부대 복귀는 물론 집으로도 되돌아갈 수 없는지라 때마침 선조의 명을 받아 비밀 조직 월은단(月隱摶:달 속에 숨은 무리)을 꾸리던 무창의 제안을 받아들여 그 일원이 되었다.

나란히 호롱불이 켜진 두 칸의 방 안에서 잡담을 나누는 듯 밖으로 내비쳐지는 그림자들이 들썩이거나 손뼉을 마주치며 쉴 새 없이 움직임을 이어가고 있었다. 월은단 무리의 소리 없는 발걸음이 얼기설기 엮어 만든 싸리담을 지나 마당으로 옮겨져 갔다. 서로 눈빛과 손짓으로 신호를 주고받으며 양쪽으로 나눠 각각의 방문 앞으로 다가선 무리가 일제히 칼이며 철퇴 등을 빼어 들었다. 세찬 발길질과 함께 무리가 방 안으로 뛰어들며 사라졌다. 한데, 비명소리가 낭자해야 할 방 안이 쥐죽은 듯 고요히 침묵했다. 잠시 후, 난처한 표정으로 무리가 뒷걸음질로 물러나듯 방에서 나오기 시작했다. 그리고 뒤이어 무리의 목덜미를 향해 방 안으로부터 긴 창날과 칼날들이 뻗어나와 드리워져 있었다. 당황한 낯빛으로 밀려나온 무리들에 이어 방 안에서 모습을 드러내는 이들의 얼굴에선 습격을 짐작한 듯한 여유가 묻어났다. 어느새 마당까지 대치하며 물러난 무리들이 서로 눈빛을 교환하는가 싶더니 무창의 휘두름을 시작으로 일제히 상대를 향해 공격을 시작했다. 갑작스런 반격에 당황하던 상대들 역시 예사롭지 않은 실력으로 무리들과의 혈전을 이어갔다. 그러나 제 아무리 출중한 실력이라 해도 밤낮 없는 훈련과 실전을 경험한 월은단을 이겨 낼 수는 없었다. 얼마 못 가 전세가 밀리자 뒷걸음질로 물러나는가 싶더니 이내 사방으로 달아나듯 흩어지는 놈들이었다. 때를 놓칠 리 없는 무창이 자신의 앞을 지나쳐 달아나는 한 놈을 향해 재빠르게 칼을 휘둘렀다. 외마디 비명과 함께 잘려나간 옷고름이 바닥으로 떨어졌다.

"!!!"

나풀거리듯 풀어헤쳐지는 옷자락 안으로 관군 복이 보였다.

"함정이다!"

낭패스런 표정의 무창이 소리쳤다. 무창의 외침과 동시에 숨어 있던 수백 명의 횃불을 든 관군들이 집 주위를 포위하며 일제히 모습을 드러냈다. 대낮처럼 환해진 너와집 중앙으로 집결한 무리가 결의를 다지듯 각자의 손에 쥔 무기들을 힘껏 부여잡았다. 그 사이 마당 입구로 기척과 함께 누군가의 발걸음이 옮겨와 멈춰 섰다. 느껴지는 강한 기운에 이끌린 무창이 시선을 옮겼다. 바라보는 그의 눈빛에 그간 볼 수 없었던 긴장감이 감돌았다.

"스윽."

청각이 예민한 맹인(盲人)조차도 듣기 힘든 작은 칼집의 스침을 지나 번뜩이는 칼을 빼어 든 이는 다름 아닌 조명학이었다.

"모든 퇴로는 차단되었다. 허니, 순순히 칼을 내려 놓거라!"

조명학의 외침에 당황스런 눈빛으로 서로를 바라보던 무리들이 일제히 무창에게로 시선을 옮겼다. 그간 수도 없는 훈련과 실전을 거듭해오며 이러한 상황에 대한 대비를 하지 않았을 리는 없을 터, 지시를 기다리는 무리들을 향해 무창이 엄지손가락을 세워 아래로 향했다. 신호와 동시에 무리들이 하나같이 품 안으로 손을 가져갔다. 저 만치 앞에서 그 광경을 본 조명학이 직감으로 의도를 파악한 듯 무리들을 겨누고 있던 휘하의 궁수들을 향해 다급히 소리쳤다.

"쏴라!"

궁수들이 활시위를 놓음과 동시에 무리들이 품에서 연막탄을 꺼내어 터트렸다.

"펑!"

소리와 함께 자욱한 연기가 너와집 전체를 가득 메웠다. 수백 발의 화살이 연기 속으로 날아들었다.

"헉! 헉..!"

연기 속 여기저기 외마디 비명소리가 새어 들려왔다. 얼마 지나지 않아 그마저도 끊어지며 산들바람마저 불기를 멈춘 산속에 정적이 흘렀다. 밤의 한기에 시야에서 사라질 줄을 모르던 연기가 한참이 지나서야 흩날려 사라지며 서서히 마당 안 모습이 드러났다. 상처에 고통스러워하는 무리 서넛과 관군들이 뒤섞여 쓰러져 있었다.

"샅샅이 뒤져라!"

마당 안으로 뛰어든 조명학이 칼을 내뻗으며 지시를 내렸다. 명이 떨어지기 무섭게 횃불을 든 관군들이 집 안 곳곳으로 잔당들을 찾아 분주히 움직였다. 툇마루 아래를 살피던 관군의 어깨를 다가선 관군이 툭 쳤다. 돌아보자 방 안으로 들어가자는 눈짓을 던졌다. 방 안으로 들어선 관군 셋이 문 뒤며 아이가 들어가기에도 쉽지 않은 작다란 반달이 장롱이며

시렁(나무 작대기 두 개를 설치해 물건을 올려놓는 곳) 위까지 뒤지며 분주히 움직였다. 허나, 말 그대로 하늘로 솟았는지 아님 땅으로 꺼진 건지 묘연한 행방에 누가 먼저랄 것도 없이 서로들 고개를 내저었다.

"나가세."

쪼그리고 앉아 장롱 안으로 머리를 처박고 있던 관군 하나가 소리에 얼굴을 드러냈다.

"아이씨.."

일어서던 관군이 무의식적으로 한 손에 뉘이듯 들고 있던 창을 세우자 낮은 천정으로 인해 창끝이 걸리고 말았다.

"어휴.. 어!"

짜증을 내뱉으며 천정을 바라보던 관군의 눈이 일순간 휘둥그레졌다. 천정 위로 거머리처럼 납작 붙은 무리의 일원이 눈에 들어왔다. 시선을 마주친 일원의 눈빛에 절망감이 묻어났다.

"여, 여기 있다! 헉!"

관군이 입을 뗌과 동시에 일원이 바닥으로 내려앉으며 칼로 관군의 얼굴 정면을 베어냈다.

"으악!"

손으로 얼굴을 가리며 비명을 질러대는 관군이었다. 손가락 사이로 핏물이 새어 나왔다. 소리를 듣고 몰려든 십여 명의 관군들이 방문 입구를 향해 날카로운 창을 들이밀며 막아섰다. 머뭇거리던 일원이 혀로 입 안을 휘어 젖는가 싶더니 무언가를 씹는 듯 어금니를 강하게 꽉 깨물고는 이내 삼켰다. 마주 선 관군들이 멍하니 바라보는 사이 피를 토하며 일원이 바닥을 향해 엎어졌다. 그제서야 음독자결 하였다는 것을 깨달은 관군들이 허겁지겁 달려들었지만 이미 숨을 거둔 후였다.

"저기다!"

죽음을 확인한 관군들이 낭패스런 얼굴을 짓는 사이, 밖으로부터 관군 하나의 다급한 목소리가 들려왔다. 관군이 가리키는 곳을 보면 세 명의 무리들이 삼백 보 가량의 거리 차를 두고 산속을 향해 달아나고 있었다. 가까이 있던 관군들이 여우몰이를 하듯 함성과 함께 그들을 뒤쫓았다. 너와 끝자락 처마 아래에서 그 광경을 지켜보던 조명학 역시 쫓으려 걸음을 뗐다. 순간, 너와 조각 하나가 눈에 보일만큼의 속도로 눈앞을 지나 나풀거리며 바닥을 향해 떨어졌다.

"!!!"

너와 조각을 바라보는 조명학의 눈이 순간 빛났다. 돌연, 곁에 있던 궁수에게서 활을 빼앗듯 받아 들고는 천천히 뒷걸음질 치기 시작했다. 지붕이 훤히 눈에 들어오는 곳까지 물러나서야 걸음을 멈춘 조명학이 시위를 당긴 채 호흡을 멈추고는 지붕 위 이곳저곳을 꼼꼼히 살폈다. 미처 달아나거나 자결할 기회를 잃고 부엌이며 마굿간 등에서 잡혀 나오는 무리들과 관군들의 움직임이며 외침이 뒤섞여 소란스러운 가운데에도 지붕에 온 신경을 집중한 조명학의 귓전만은 마치 귀머거리라도 된 양

적막에 가까운 고요가 흘렀다.

얼마가 지났을까...

버팀의 기력이 다한 듯 시위를 당기고 있던 조명학의 팔에 작은 떨림이
일었다.

그때였다.

회색빛 너와 지붕 한 곳이 착시라도 일으킨 듯 미세하지만 살짝이 들썩
였다. 확신에 찬 얼굴의 조명학이 손에서 시위를 놓았다. 수직에 가까운
낮은 곡선을 그리며 허공을 가른 화살이 움직임이 일던 지붕의 한 부분
을 향해 날아갔다. 화살이 너와에 근접하는 순간, 다섯 보 정도 떨어진
옆쪽에서 지붕이 솟아나 듯 형체가 일어나더니 이내 날아오던 화살을
칼로 쳐냈다. 경록이었다.

"피하십시오. 장군!"

소리에 모습을 드러낸 무창이 경록의 앞을 막아섰다.

"내가 시간을 벌 테니 어여 가거라!"

"무슨 소립니까? 저야 어차피 죽을 목숨, 피하십시오."

"결코, 널 벨 수 없다는 걸 알잖느냐, 부디 가서 잘 살거라."

"형님...!"

"어서! 이건 명령이다."

"그럴 순 없습니다."

서로 미루는 사이 조명학이 두 번째로 쏜 화살을 필두로 수십 발의 화살이 두 사람을 향해 날아들었다. 화살들을 칼로 쳐내며 뒤로 물러서는 두 사람이었다.

"정녕, 명을 거역할 것이냐!"

"형님..."

결국, 눈물로써 무창의 뜻을 받아들인 경록이 뒤로 물러서더니 잠시 무창을 바라보고는 눈물을 훔치며 뒤돌아섰다. 지붕과 맞닿아 뻗어 있던 감나무 가지를 붙잡고 뛰어오른 경록이 연이어 거리를 두고서 자리하고 있는 소나무를 향해 도약하는가 싶더니 유유히 우거진 수풀 사이로 사라졌다. 경록이 사라진 걸 확인한 무창의 눈에 관군들에게 붙잡혀 마당 중앙으로 끌려오는 부하들이 들어왔다. 그들을 바라보며 사죄의 예를 표하듯 잠시 눈을 감았다 뜬 무창이 입 안의 극약을 깨물었다. 순간, 이를 예측한 관군 측에서 세차게 던진 볼라(돌을 끈과 연결한 투척 무기)가 무창의 목을 휘어 감았다. 무창이 목을 풀려 두 손을 가져가자 때를 같이해 날아든 화살이 가슴에 박혔다. 그대로 쓰러지며 지붕을 나뒹굴어 마당 아래로 떨어지는 무창이었다.

개선장군이라도 된 양 기개에 찬 조명학이 선두에서 나아가고 그 뒤를 관군들이 이끄는 호송 마차가 뒤따랐다.

"으.."

마차 안에서 옅은 신음과 함께 눈을 뜨는 무창의 주변으로 함께 잡힌 부하들이 모여들었다.

"괜찮으십니까, 장군..."

턱 가까이까지 구레나룻이 이어진 송천복이 무창의 목을 받들어 주며 물었다. 힘겹게 일어나 앉은 무창이 살아남은 이들의 얼굴을 하나하나 훑었다.

"너희 다섯이 전부냐?"

"네..."

고개를 떨군 윤겸이 힘없이 답했다. 살인을 뒷간 가는 일만큼이나 익숙히 행하던 이라고는 믿기 힘든 뽀얀 피부에 곱상한 외모가 사뭇 의외스러웠다.

"죄송합니다. 때를 놓쳐 자결도 못하고 이리 되었습니다."

괴로움에 마디마디 굳은살이 박힌 두 손을 불끈 쥐며 날렵한 다른 이들과는 달리 꽤나 덩치가 나가 보이는 천복의 아우 송만복이 읊조렸다. 답하는 이들의 한쪽 어금니가 하나같이 빠져 있었다. 자결을 못하게 극약을 감춰둔 어금니를 모두 뽑은 것이었다. 바라보는 무창의 낯빛이 더욱 어두워졌다.

"한양에 도착하면 문초가 이어질 것이다. 다들 맹세를 잊지 말거라!"

겉으론 의연한 얼굴로 무감각하게 내뱉는 무창이지만 생사고락을 함께한 부하들을 죽음의 불구덩이로 몰아넣는 맘속은 피눈물이 용솟음쳤다.

수십, 아니 수백 번의 각오를 하고 시작한 일이지만 막상 현실로 닥치자 받아들이기가 두려운 건 어쩔 수 없는 법, 무리 중 가장 앳된 노동천이 밀려드는 두려움에 손등을 깨물었다.

"네, 장군."

모두를 대신해 어림짐작으로 고희(70세)에 가까워 보이는 이종만이 모든 것을 받아들인 듯 낮지만 평온한 음성으로 답했다. 서산에 떠오르는 해와 함께 출발한 호송 행렬이 한 차례의 쉼도 없이 이동한 끝에 동행한 해가 중천에 다다를 때쯤 한양의 흥인지문(興人之間:동대문) 안으로 들어섰다.

"어서 오시게."

이미 파발병에게 소식을 전해 듣고 한 시진 전부터 행차해 있던 이산해를 필두로 한 동인 일행들이 멈춰 서는 조명학을 맞이했다.

"노고가 많았네."

앞으로 나선 이산해가 말에서 내려 예를 갖추는 조명학의 어깨를 친히 다독였다.

"어찌 우리까지 속일 수가 있나?"

사이에 끼어들며 다가선 정언신이 나무라듯 서운한 기색을 표했다.

"죄송합니다. 행여나 새어 나갈까 우려스런 마음에..."

"아무리 그래도 그렇지, 우리들까지 그리 속일 것까지야 없잖은가."

"말했잖소, 내가 그리 하라 하였다고... 허니, 조교위를 나무라기에 앞서 날 나무라시구려."

평소 정언신의 성격을 알고 있던 이산해인지라 말문이 터진 이상 한동안 이어질 게 뻔한 구구절절 푸념에 종지부를 찍으려 제지하고 나섰다.

"아니, 그래도..."

"자, 자 며칠 밤을 세느라 조교위도 많이 피로할 터이니 이제 그만 놓아주십시다."

못내 아쉬운 얼굴로 삐져나온 입을 실룩대는 정언신을 바라보던 최영경이 앞으로 나서며 분위기를 마무리 지었다.

8. 외면

"어떠한가?"

"맥의 움직임으로 보아 급체하신 듯하옵니다. 침과 뜸을 행하여야 하올 듯싶사옵니다."

선조의 물음에 어의 이공기가 고개를 숙인 채 조심히 아뢰었다. 저만치 지척에 있던 내관 이봉정(李奉貞)이 선조의 짧은 눈빛을 받고는 주변의 시녀와 내관들을 데리고 물러났다.

"알아보았는가?"

다들 물러나간 것을 확인한 선조가 풀고 있던 옷고름을 다시금 묶어 매며 이공기를 향해 걱정스런 얼굴로 다급히 물었다.

"네, 전하. 현재 의금부로 압송되어 좌의정 이산해 대감을 비롯한 대신들이 지켜보는 가운데 사건을 맡은 위관 정철 대감의 주도 아래 취조를 당하고 있다 하옵니다."

그간 두 사람 사이의 전령 역할을 해왔던 이공기로서는 그 누구보다 선조의 심정을 잘 알기에 답하는 내내 우려의 맘을 감추지 못했다.

"모두가 내 탓이야. 모반의 또 다른 배후인 길삼봉(吉三奉:정여립과 함께 모반을 꾀한 인물, 실존인물인지는 밝혀지지 않았음)을 아는 자가 나타났단 소문에 지레 식겁한 내 작은 심장이 일을 이리 만들었어. 내가 그리 성급히 명하지만 않았어도..."

선조의 눈가를 향해 이슬방울이 맺히듯 촉촉한 물기들이 몰려들었다. 임금으로서 차마 신하 앞에서 눈물을 보일 수는 없는 터 방울져 맺힌 눈물방울이 눈 끝에서 떠나가려던 찰나 얼른 손등으로 훔쳐내는 선조였다. 그 모습을 지켜보는 이공기의 맘에 안타까움이 더해졌다.

"전하, 이럴 때 일수록 강건하셔야만 하옵니다. 그것이 무창 장군이 바라는 바일 것이옵니다."

"장군...? 흠, 만천하에 공표하지도 못한 의미 없는 금군별장(禁軍別將) 칭호가 무슨 소용이란 말인가. 다 부덕한 내 탓이로다. 동인들이 날뛰는 걸 견제코자 벌인 일이 하나뿐인 벗마저 데려가고 마는구나. 무슨 영화를 누리겠다고... 이리 될 줄 알았다면 그저 흘러가는 대로 내버려 둘 것을..."

통탄 어린 선조의 긴 한숨이 이공기의 콧등까지 전해졌다.

"성은이 망극하옵니다. 전하, 흑흑흑..."

어의의 한 맺힌 통곡이 편전(便殿) 안을 울렸다.

"치이익.."

벌겋게 달궈진 인두가 무창의 가슴에 와 닿았다. 타오른 연기가 만신창이가 된 얼굴을 향해 피어오르자 살냄새가 진동했다.

"어서 고하지 못할까! 누구의 명을 받은 것이냐?"

살기 어린 으름장에도 결코 꽉 다문 입을 떼지 않는 무창이었다. 이미 수십 번의 반복된 질문에 묻는 자인 문사랑(問事郞:죄인을 국문해 작성하는 관직) 이항복도 지친 듯 혀를 내어찼다.

"이놈, 정녕 죽고 싶은 것이냐!"

물러나 지켜보던 정철이 금방이라도 목을 칠 듯한 기세로 다가서며 외쳤다. 불같은 호통에도 자신에 대한 선조의 미안함 섞인 회한이 와 닿기라도 한 듯 끝끝내 무창의 입은 열리지 않았다.

"아니 되겠소, 더 이상은 무리인 듯하니 오늘은 이만 그쳐야 될 것 같소이다."

돌아서며 지켜보고 있던 이산해를 비롯한 중신들을 향해 정철이 체념한 어투로 말문을 열었다.

"거 무슨 가당치 않은 소리요! 아직 저리 숨을 내어 쉬고 있거늘. 예서 멈추다니... 행여, 뭔가 찔리는 구석이 있어 그러시는 게 아니오?"

기다렸다는 듯이 예전 대전(大殿)에서의 수모를 되갚을 기세로 정언신이 허리를 꼿꼿이 세운 채 시선을 마주하고 항변했다.

"찔리다니! 그 무슨 근거 없는 막말이시오."

정철 또한 밀리지 않는 기세와 당당함으로 정언신을 노려봤다.

"그렇지 않고서야 밤을 새워서라도 자백을 받아야 할 시급한 상황에 어찌 여유를 부린단 말이오."

"말했잖소, 더 이상 고신(拷訊:고문)을 이어갔다가는 숨이 끊어 질수도 있다고."

"도합이 여섯이요. 놈의 숨이 끊어지면 저 놈을 매달아 고신하고 그리하다 또 죽으면 다음은 저 놈! 그 다음은 저 놈... 줄줄이 매달아서라도 어찌되었던 배후를 밝혀야 할 것 아니요!"

무창의 옆으로 형틀에 묶인 채 주리가 틀려 반실신 상태로 고개를 떨구고 있던 나머지 무리들을 가리키며 정언신이 길길이 날뛰었다.

"저것들은 일개 부하들일 뿐이오. 여기 이놈이 배후와 모든 것을 연통하고 지낸 우두머리란 말이오. 만약, 이놈이 죽으면 그대들이 공들인 이 모든 것이 헛수고가 될 터인데 그리 해도 무방하다면 내 그리하지요."

"으흠.."

어떻게든 정철의 말을 반박하려는 절실함에 체통은 내다 버린 채 눈동자를 이리저리 굴리지만 마땅한 변이 떠오르지 않는 듯 헛기침과 함께 입술을 깨어 물며 분을 삭이는 정언신이었다. 이에, 뒤켠에서 조용히 지켜보던 조명학이 돌연 대신들을 비집고 나오는가 싶더니 형틀 옆에 선별장(別將)의 칼을 빼어 들어 순식간에 한쪽에 묶여 있던 동천의 목을 베어냈다. 갑작스런 행동에 이산해 일행은 물론 정철 또한 화들짝 놀란 기색이 역력했다.

"동천아!"

피를 토하며 내어 뱉는 겸이의 비명소리가 사방을 향해 울려 퍼졌다. 바닥을 나뒹군 동천의 수급(首級)이 무창의 발끝에 와 닿았다. 파닥거림에 가까운 눈 끔뻑임으로 마지막 인사를 하듯 동천이 무창을 바라봤다. 편히 보내고픈 마음에 미소 띤 온화한 얼굴로 바라보던 무창의 눈가에 눈물이 고였다. 잠시 후, 떨리던 동공이 일순간 멈추는 것과 동시에 무창의 눈물이 동천의 눈가에 떨어졌다. 천천히 뺨을 타고 흐르는 모양새가 마치 동천 스스로가 눈물을 흘리고 있는 듯했다.

"외로워 말거라, 잠시 먼저 가 있는 것이니..."

감지 못한 동천의 눈을 바라보며 무창이 나직이 읊조렸다.

"이 무슨 짓이냐!"

정철이 무례함에 조명학을 노려보며 세차게 꾸짖었다.

"죽절본사(竹切本死)라 하였습니다, 부러지지 않는 대나무는 마디를 베어내어 위협을 가하고 그리해도 아니 되면 뿌리를 뽑아내어 말려 죽이라 하였습니다. 괜한 시간적 아량은 저들에게 마음을 다잡을 빌미만 줄 뿐입니다."

물러섬 없이 자신의 의지를 표하는 조명학의 기개에 천하의 정철도 비집고 들어갈 틈을 찾지 못했다. 그저 지위적 자존심에 벌려진 입을 통해 노기를 속삭이듯 중얼거리기만 할 뿐 더 이상의 제지는 없었다.

"아직, 네 마디가 남았다. 다음 마디를 잘라낼지 말지는 너의 선택에 따라 결정지어질 터, 너를 버린 수장을 지킬 것인지, 아님 너를 믿고 따르던 저들을 지킬 것인지 답해라!"

칼끝을 무창의 턱밑에 드리운 조명학의 추국(推鞫)이 이어졌다.

"무언가 착오를 하신 듯한데, 난 단 한 번도 나의 주군에게 날 지켜 달라 부탁을 아뢴 적이 없소이다."

한 치의 망설임 없이 답하는 무창의 확고한 눈빛에 미세하나마 기가 눌린 조명학이 상처받은 자존심에 분을 더해 형틀에 앉은 겸에게로 다가섰다.

"보아하니 이제 막 약관을 넘긴 듯한데... 이리 일찍 세상을 등지게 한 너의 수장을 탓하거라!"

받아들이듯 겸이 두 눈을 지그시 감았다. 옆자리에 앉은 종만이 묶인 팔을 힘겹게 움직여 겨우 닿은 손끝으로 겸의 새끼손가락을 잡아 주었다.

조명학이 손에 쥔 칼을 하늘을 향해 뻗치자 동천을 베어내며 묻어 있던 피가 한쪽 벽으로 튀었다. 지켜보던 중신과 옥졸들 중 차마 보기 힘겨운 몇몇은 조명학이 내리치려는 순간, 두 눈을 질끈 감았다. 허공을 가른 세찬 칼이 겸의 목과 중간쯤 거리를 두고 내리꽂히고 있을 때쯤 입구로부터 강한 어조의 호령이 들려왔다.

"멈추어라!"

소리에 내리치던 칼을 멈추고 돌아선 조명학의 낯빛이 어두워지며 이내 바닥을 향해 조아렸다.

"전하!"

뜻하지 않은 선조의 등장에 놀란 기색이 역력한 중신들이 뭐 마려운 강아지 마냥 당혹해 하며 바닥에 얼굴을 박았다. 엎드린 채 서로들 상황 파악을 하려 좌우로 시선을 교환하느라 여념이 없었다. 혼미한 가운데서도 또렷이 귓전을 파고드는 '전하'라는 외침에 떨구고 있던 고개를 힘겹게 치켜드는 무창이었다. 시선을 마주친 선조의 눈빛이 무창을 향해 많은 것을 전했다. 잠시 시선을 마주친 무창이 행여 저들이 눈빛의 의미를 읽을까 우려의 맘에 애써 먼저 시선을 돌렸다.

"어찌 배후는 알아내었는가?"

"워낙 완강히 버티는지라 아직 알아내지 못하였사옵니다."

"저.. 저것은 어찌 된 것이냐?"

미처 치우지 못한 동천의 수급을 발견한 선조가 놀란 표정으로 가리켜

물었다. 차오르는 울컥한 감정으로 인해 수급을 바라보는 눈동자에 살짝이 떨림이 일었다. 옥졸이 허겁지겁 동천의 수급을 몸이 있던 형틀로 옮겨와 함께 덮었다.

"그것이... 놈들이 계속되는 고신에도 좀처럼 입을 열지 않는 통에 본보기 삼고저..."

"참으로 어리석소! 모반을 꾀하려 한 자들이 한낱 죽음을 두려워하리라 여겼소."

이산해의 말을 자르며 선조가 호통에 가까운 꾸짖음을 내뱉었다.

"게다가 저리 무리를 한데 모아 놓고 실토하라 하면 행여 후환이 두려워 누군들 쉽사리 입을 열겠소이까."

긴 한숨과 함께 조아리고 있던 중신들을 훑어보던 선조의 눈빛이 덮여진 동천에게로 잠시 옮겨갔다 자리를 찾았다. 낯빛에서 미안함이 일었다. 선조의 노기에 시선이라도 마주칠까 들었던 고개를 얼른 바닥으로 내리까는 중신들이었다.

"당장 놈들을 하옥하고 날이 밝는 대로 따로 취조토록 하시오."

"네, 전하."

돌아서는 자신을 향해 예를 갖추느라 머리 숙인 중신들의 시선이 땅을 향해 있는 사이 선조가 조심히 무창을 바라봤다. 분명 시선을 느꼈음에도 작은 부담조차 건네 안기고 싶지 않은 무창이기에 떨군 고개를 끝끝내 들지 않았다. 그런 무창의 맘을 아는지라 바라보는 선조의 마음이 더욱더 애닯고도 슬펐다.

 들어갈 땐 멀쩡히 걸어 들어가도 나올 땐 백이면 백 반병신이 되어 나온
다는 의금옥(義禁獄:의금부내 감옥)에 관한 세간의 소문이 진실임을 증명
하듯 여기저기 신음소리가 곡을 하듯 울려 퍼졌다.
 "하아, 오늘 따라 왜 이리 졸리냐."
옥사(獄舍) 앞에서 보초를 서던 옥졸 하나가 들려오는 신음 소리에 뉘 집
개가 짖는 것 마냥 대수롭지 않은 얼굴로 태연히 기지개를 켜며 턱이 빠
져라 하품을 해댔다.
 "그러게, 나도 영 눈꺼풀이 천근만근이네..."
 "저녁상에 나온 상추 탓인가 보이. 아참, 그나저나 지하 옥방(獄房)에
있는 놈들이 길삼봉의 수하들이라며?"
 "그렇다네."
 "행여, 길삼봉이 놈들을 구하려 쳐들어오진 않겠지? 소문에 날래기
가 범 같고 힘이 장사라 장정 하나쯤은 한 손으로 번쩍 들어 매친다던
데..."
 "예끼, 이 사람아! 씨알이 먹히는 소리를 하게. 제 아무리 신출귀몰하
다 한들 예가 어디라고 쉽사리 쳐들어온단 말인가!"
 "하긴, 간이 배 밖으로 나오지 않고서야 만무한 일이지, 암 그렇고말
고..."

스스로를 추스르듯 옥졸의 구시렁거림이 이어졌다.

"어지간히도 고신했나보네, 내의원까지 불러 치료할 정도면."

졸려오는 눈을 비비던 옥졸이 인기척에 시선을 옮기면 옥사장(獄舍長)의 안내를 받으며 내의원과 의종 하나가 지하 옥사 출입문을 향해 들어서는 광경이 들어왔다.

"아직 실토도 없었는데 행여 밤새 비명횡사할까 그런 거지 뭐."

달빛도 비추기를 마다한 구석진 끝자락 옥방에 스물다섯 근이나 되는 수가(首枷:목에 채우는 칼)에 더해 수갑이며 족질까지 찬 무창이 동상마냥 움직임 없이 앉아 있었다. 그나마 야밤의 냉기로 인해 간간히 새어 나오는 입김이 살아 있다는 사실을 짐작케 해 줄 뿐이었다.

"철컹!"

자물쇠가 열리고 옥사장의 안내를 받은 의원과 시종이 안으로 들어섰다.

"내일까지 죽지 않게만 봐 주쇼."

옥사장의 짧은 요구에 역시나 짧은 시선으로 답한 내의원이 맥을 짚으려 무창의 손목으로 손을 가져갔다. 의종이 침구(鍼灸)를 펼치는 걸 흘겨보던 옥사장이 가래침을 바닥에 뱉고는 발길을 떼어 사라졌다. 옥사장이 시야에서 사라진 걸 확인한 의종이 무창과 마주한 내의원의 등을 살짝이 툭 쳤다. 손짓에 내의원이 한 걸음 뒤로 물러나 앉았다. 횃불 가까이로 자리를 옮긴 내의원을 모습을 보니 이공기였다.

"괜찮은가?"

붉게 부어오른 양쪽 귀로 보아 필시 고막이 찢어지고도 남았을 터인데 죽은 듯 미동도 없던 무창이 의종의 소리에 반응을 보였다. 반응에 의종이 얼른 손을 잡았다. 손등을 매만지는 감촉에 무창이 힘주어 앞니를 깨어 물며 퉁퉁 부은 데다 피마저 눌러 붙어 쉽사리 떼어내어 지지 않던 눈꺼풀을 사력을 다해 떼어냈다. 시야를 아른거리는 흐릿한 물체를 향해 눈동자를 모으자 의종의 머리 위에 얹어진 초립(草笠:서민이 쓰던 갓)의 모양새가 서서히 선명해져 왔다.

"미안하네, 미안하고 또 미안하네..."

푹 눌러쓴 초립에 가려져 있던 얼굴을 드러내는 이는 다름 아닌 선조였다.

"폐.. 하..."

말라 부르튼 입술을 떼자 쇳소리 마냥 거칠고 둔탁한 소리가 새어 나왔다.

"심려.. 끼쳐.. 송구.. 하옵니다..."

마지막 유언을 내어 뱉듯 말문을 연 무창이 몸 구석구석 남은 힘을 모두 끌어 모아 서너 번의 쉬임을 거쳐서야 말끝을 맺었다.

"이 친구야, 그리 말하면 내 맘이 더욱 무겁고 힘겨워지는 걸 어찌 모르나..."

임금이기에 앞서 그도 사람인지라 맘에 차오르는 슬픔을 어명으로도 제지할 수 없는 법, 붉어진 눈시울에 이내 물망울이 맺혔다. 물러나 있던 이공기가 한껏 물 먹은 무명천을 들고 무창의 곁으로 다가섰다.

"이리 주게."

선조가 건네받은 무명천을 무창의 입술로 가져다 댔다. 살고자 하는 의지보다 타오르는 갈증에 소리를 내어가며 빨아 삼키는 무창의 얼굴이 구슬펐다. 몇 번의 목넘김을 이어간 무창이 어느 순간 삼키기를 멈췄다.

"내 방편을 찾아볼 터이니 조금만 참고 견뎌주게."

무창의 수갑 찬 손을 잡은 선조가 의지를 표하듯 힘줘 움켜잡았다.

"소신, 애당초 폐하를 위해 죽기를 각오하고 살아왔습니다. 괜스레 저로 인해 폐하에게 화가 닥치는 일은 결단코 원치도 바라지도 않사옵니다. 하여 간곡히 청하오니 부디 뜻을 거두어 주시옵소서."

한층 또렷해진 목소리로 선조에게 짐을 안기고 싶지 않은 맘을 전하는 무창이었다.

"말도 안 될 소리! 제 아무리 만인이 탐하는 옥좌라지만 내겐 하나뿐인 벗보다 중요치는 않네. 허니, 괜한 생각 말고 내 말대로 어떻게든 버티어 내게. 알겠는가!"

하늘 아래 가장 높은 자리에 있는 임금이라 그 누구의 눈치도 살필 것이 없다지만 결단코 내뱉기 쉽지 않은 말이란 걸 알기에 그 고마움이 도리어 무창의 의지를 더욱 확고히 다지게 했다.

"끝까지 보필하지 못한 죄를 용서하시옵소서."

"그만하게!"

노여운 목소리와 함께 선조가 벌떡 일어섰다.

"못들은 걸로... 아니, 안들은 걸로 하겠네. 이 친구 무슨 수를 써서 라도 기력을 회복시켜 놓게!"

괴로운 맘을 화로 대신하며 이공기에게 역정을 내듯 소리치고는 돌아서는 선조였다.

"균이..."

"!!!"

멈춰 서는 걸음과 함께 선조의 용안(龍顔)또한 멈춰 선 듯 굳어졌다. 너무나 황망스런 어사에 토끼눈을 한 이공기가 떡 벌어진 입을 손으로 다물었다.

"처음이자 마지막 부탁이네. 어린 시절 자네가 나의 손을 잡아주던 그 순간 이후로 내 삶은 곧 자네였네. 자네가 마냥 웃을 땐 나 또한 즐거이 웃을 수 있었고, 자네가 괴로움에 슬퍼 할 땐 나 역시 슬픔에 눈물을 훔쳤네. 그런 내가 어찌 자네에게 고충을 안긴단 말인가. 부디 나의 바람을 지나치지 말아주게 벗이여..."

고마웠다. 그래서 자신에게 더욱 화가 났다. 제 아무리 왕이라 한들 사실 오늘이 지나도 마땅한 방도가 있는 것도 아니었다. 해서 더더욱 자신의 처지가 한심스러웠다. 그런 자신의 처지를 그 누구보다 잘 아는 무창의 마지막 배려가 가슴을 찢는 듯 했다. 결국 애써 참고 참아왔던 눈물이 선조의 뺨을 타고 흘렀다. 들썩이는 선조의 어깨를 바라보는 무창의 눈가 또한 촉촉이 젖어오고 있었다.

9. 의심

"병조참판 황윤길을 정사로, 의정부 사인 김성일을 부사로 한 통신사 절단을 왜국으로 파견하여 정세를 살피게 할 터이니 준비에 부족함이 없도록 하시오."

선조의 하명에 여느 때와 다른 강한 힘이 실렸다. 그만큼 이번 통신사 파견은 향후 국정 기조에 있어 매우 중차대한 사안이었다. 겉으로는 여느 때와 다르지 않은 문화교류와 더불어 근간 잦아진 왜구의 침범에 대한 단속 요청을 표방하고 있지만 그 속내는 달리 있었다. 최근 왜국을 통일한 도요토미 히데요시가 주요 신료들과 함께 한 자리에서 공공연히 조선 침공의 뜻을 표명하였다는 소문이 왜국을 오가는 상인들의 입에서 나와 꼬리를 물고 이어져 조정에까지 당도하였다. 그와 때를 같이해 쓰시마도주 소 요시시게가 한 차례 거절에도 불구하고 또다시 통신사 파견을 요청해 온 바, 이를 핑계로 소문의 사실 유무를 탐지할 목적으로 못 이기는 척 떠나보내는 것이었다.

"근자에 강원 관찰사 정창연(鄭昌衍)으로부터 무리한 조세징수에 대한 백성들의 원성이 드높다며 대책을 요구하는 장계가 올라왔소. 어찌하면 좋을지 다들 방편을 내놓아 보시오."

"전하, 자고로 민심의 동요는 그 관리된 자의 부덕함에서 비롯되는바 관찰사 정창연을 한양으로 압송하여 죄를 물으심이 합당하옵니다."

"아니 되올 말이옵니다. 전하, 그리했다간 괜한 지방관들의 동요만 불러일으킬 뿐이옵니다. 원성의 근원인 백성들 중 주동자를 색출해 본보기 삼으심이 옳은 줄로 아뢰오."

"현 시국에 백성에게 죄를 묻는다면 이는 화약고에 불을 붙이는 꼴이 되어 또 다른 모반이 일어날 수도 있사옵니다."

"감히 엄두를 못 내올 중벌에 처하신다면 미약하고 무지한 백성들인지라 필시 겁줄이 나 꼬리를 말아 감출 것이옵니다."

공기를 한껏 불어넣은 복어의 차오른 배처럼 이미 팽배할 대로 팽배해진 대립으로 사리판단의 중립성을 잃은 동, 서인 양진영이 내어 놓는 의견을 밟고, 이를 또다시 지르밟는 주거니 받거니 탁상공론이 이어졌다.

"제 아무리 중벌에 처한다 한들 이는 임시방편일 뿐이외다. 시간이 흘러 기억에서 가물해지면 또다시 원성이 일어날 것은 불을 보듯 뻔한 일이란 걸 어찌 모르시오."

꼬투리를 잡은 정언신이 때를 놓칠세라 정철을 몰아붙였다.

"그야, 매사에 마무리를 명확히 하지 않는 이들이나 떠올릴 우려인 것이지, 불씨를 완전히 꺼뜨리면 그리 될 일은 결단코 없소이다."

"허허, 정 부사야 말로 무지하구려, 그대가 말하는 중벌이래봐야 사지를 찢는 능지처참이 전부일 터인데 그리해서 백성을 다스릴 수 있다면 그간 그리 죽은 자들이 얼만데, 어찌해 그 후로도 계속해서 동일한 범죄가 일어난단 말이오. 참으로 답답하오이다."

명치를 향해 마지막 일격을 가하듯 정언신의 비웃음이 정철의 뇌리에와 꽂혔다.

"전하, 소신의 뜻대로 관찰사를 벌하심이 옳은 줄로 아뢰오."

한껏 기세등등해진 정언신이 목청을 드높여 청했다.

"정녕, 그리하면 되겠는가? 행여 더 이상의 방도는 없는 것인가?"

곁에 함께 하진 않았지만 항시 그림자처럼 자신의 뒤를 묵묵히 지켜주던 무창의 부재 탓인지 수척해진 옥체만큼이나 개혁의 의지가 꺾이어 무기력해진 선조가 그간 볼 수 없었던 우유부단함을 드러내며 신료들에게 되물었다. 달라진 선조의 기운에 신료들 모두가 의아한 얼굴로 좌우 시선을 오가며 상황파악을 하느라 그 어느 곳에서도 답이 들려오지 않았다.

"소신의 미천한 생각으론 주동자를 색출하여 관할 공섬인 삼봉도(三峰島: 現 독도)로 수갑과 족쇄를 채운 채 추방하여 산짐승과 날짐승들에게 뜯기고 쪼여 숨이 끊어지는 내내 고통 속에 생을 끝내게 하심이 어떠하올런지요."

침묵을 깨고 모반사건의 문사랑(問事郎:죄인의 취조서를 작성하는 임시관직)을 맡고 있던 이항복이 입을 열었다.

"전하, 소신의 생각에도 문사랑의 방편이 최선책인 듯하옵니다. 백성들에게 전하의 확고한 의지를 내어 보이시기에 이보다 나은 방편은 없는 듯하옵니다. 하오니 지체 없이 관찰사에게 하명을 내리시어 뜻을 전하시옵소서."

"통촉하여 주시옵소서, 전하!"

이항복의 말이 끝나기 무섭게 오로지 저들을 눌러 이겨야겠다는 얄팍한 사욕으로 의견에 대한 촌각의 고심도 없이 미리 예행연습이라도 한 양 합심해 밀어붙이는 서인들이었다. 응당 때가 되면 끼니를 때워야 하듯 자신이 있어야 할 곳이기에 그저 자리보전만 하고 있을 뿐, 모든 것이 무의미하고 의욕 없던 선조였기에 그런 서인들의 다그침이 오히려 고마울 따름이었다.

"그리 하도록 하게."

"성은이 망극하옵니다, 전하."

재빠르게 어명을 받아 답하는 서인들을 견제의 눈길로 바라보는 동인들의 얼굴이 패잔병의 풀이 죽은 모양새와 같았다.

송익필을 찾은 정철이 의아한 표정으로 입을 열었다.

"요사이 전하의 낯빛이 어두운 것이 무언가 깊은 상심이 있으신 듯 한데 어인 일인지 짐작 가는 것이 없소이까?"

"대감도 그리 느끼셨소, 나 또한 그 연유가 궁금하여 그렇잖아도 이내 관을 불렀소이다."

문 앞에서 대기하기라도 한 양 송익필의 말이 끝나자 때를 맞추어 문이 열리고 이봉정이 들어섰다.

"어서 오시게."

송익필의 인사에 목례로 답한 이봉정이 정철의 옆으로 자리를 잡고 앉았다.

"전하께서는 침소에 드셨는가?"

"예, 불이 꺼진 걸 확인하고 물러나오는 길입니다. 그나저나 어인 일로 오라 하신겝니까?"

평소 돈독한 친분을 암시하듯 이봉정의 물음에서 신분의 격이 전혀 느껴지지 않았다.

"누구보다 전하를 가까이서 모시는 자네니 우리보다 더 와 닿았겠지만 요사이 부쩍이나 전하의 안색이 어두워 보이시는데 그 연유가 무엇인지 행여 짐작 가는 것이 있는가?"

"글쎄요, 좀처럼 소인에게 맘을 여시는 분이 아니시라 저도 답답한 심경입니다."

작은 실마리라도 잡을까 기대했던 두 사람의 낯빛이 굳어졌다.

"행여 이전과 달라진 점은 없는가? 미미한 것이라도 좋으니 떠오르는 것은 무엇이든 말해보게."

"이전이라 하심은...? 그리고 보니 역적들이 의금부로 압송되어 온 이후로 식사도 자주 거르시고 어의를 자주 찾으셨습니다."

"놈들이 잡혀 온 이후라...?"

이봉정의 말에 생각을 되뇌던 송익필이 번뜩이는 눈동자로서 정철을 바라보았다. 그의 눈빛으로 생각을 전해 받은 정철 또한 동공이 일순간 커졌다. 갸우뚱한 표정의 이봉정이 마주한 두 사람을 번갈아 바라보며 의미를 간파하려 바삐 눈동자를 굴렸다. 이봉정이 물러난 사랑채 안이 쥐죽은 듯 고요했다. 굳은 얼굴의 정철과 송익필이 얽혀 있는 머릿속을 정리하느라 움직임 없이 각자 어느 한곳만을 응시한 채 돌부처 마냥 앉아 있었다.

"설마, 전하께서 그런 엄청난 일을 벌이셨겠습니까?"

생각의 정리가 먼저 끝난 정철이 입을 뗐다.

"물론 어디까지나 짐작이지만 그간 자리에서 물러나 있던 우리들을 궁으로 불러들이시고, 때를 같이해 모반 사건에 대한 고변이 올라온 것이며... 우연이라고 하기엔 정황상 너무도 틈 없이 들어맞지 않소."

"그렇긴 하지만..."

"필시 권세가 도를 넘은 동인 세력의 견제를 위해 우리 서인들을 끌어들일 빌미를 만들고자 꾸미신 일이 아닌가 싶소. 전하께서 생각보다 약으신 구석이 있으신 것 같소이다."

"만약 그렇다면 지금껏 우린 전하의 허수아비 노릇을 하고 있었던게 아니요. 허.."

허기진 찰나에 굴러온 떡을 허겁지겁 집어 먹었던 체기가 올라오듯 자책의 탄식을 쏟아낸 정철이 깊게 숨을 들이쉬고는 말을 이어갔다.

"그나저나 계속해서 전하의 수중에서 놀아날 수도 없고, 앞으로 어찌해야 할지..."

은근 방책을 내놓기를 바라며 정철이 말끝을 흐렸다.

"허수아비에게 숨을 불어 넣어야지요."

송익필의 답변에 정철의 눈이 커지고 귀가 쫑긋 세워졌다.

"도리어 우리에겐 좋은 기회일런지도 모릅니다. 아무래도 내일 대감께서 전하를 알현하시어야겠소."

지켜보는 이가 없음에도 행여 새어 나가기라도 할까 얼굴을 맞대고 속

삭이는 송익필의 눈가가 월척을 낚은 태공의 설레임과 기대감만큼이나 반짝였다.

편전에 자리하고 앉은 선조의 눈이 퀭했다. 사흘 째 체기가 가라앉지 않아 죽으로 겨우 속을 달래어 채운 탓이었다.

"전하, 판돈녕 부사가 뵙기를 청하옵니다."

예정에 없던 정철의 등장에 의구심이 이는 눈빛으로 선조가 들기를 일렀다.

"기별도 없이 어인 일이요. 행여, 저들이 입을 열었소?"

아이의 다그침에 못지않은 다급한 어조로 선조가 물음을 던졌다. 짐작만을 안고 들어섰던 정철에게는 그런 선조의 언행이 확신을 더해주는 실토와 같았다.

"그런 것이 아니오라..."

묘한 여운에 선조의 입가가 바짝 말랐다.

"아무래도 사건을 처음부터 다시 수사해야 할 것 같사옵니다."

"그 무슨 말이오?"

선조의 놀란 낯빛이 확연히 드러났다. 정철의 맘에 점점 확신에 대한 자신감이 차올랐다.

"그간 우의정이 수사해오던 것을 이어받아 진행하다 보니 부재하거나 모자란 것이 많아 사건의 배후를 밝혀내는데 어려움이 많사옵니다. 그렇다하여 죄인들이 입을 열 때까지 마냥 기다리고 있을 수도 없는 바, 저들에 대한 고신은 계속 이어가면서 한편으로 행여 놓치고 지나쳤을 수도 있는 단서를 찾기 위해 모반에 대해 최초 고변한 자들로부터 시작해 다시금 수사를 하는 것이 배후를 밝히는 가장 좋은 방도가 아닐까 싶사옵니다.”

아뢰는 내내 정철의 눈이 쉴 새 없이 선조의 얼굴을 살폈다.

“무엇이요? 지금 그 말은 상을 내린 이들을 체포하겠단 말이오!”

선조가 불편한 어조로 소리쳤다. 허나, 예상된 반응이기에 정철의 얼굴 그 어느 곳에서도 두려워하는 모습은 보이지 않았다.

“지금으로선 그 길이 최선의 방책이옵니다. 하오니 이번 사건과 관련된 모든 이들에 대한 재수사를 간청 드리옵니다.”

애써 침착하려 하지만 긴장된 선조의 손이 맘을 대변하듯 움켜쥐었다 폈다를 이어갔다.

“게다가 빌미를 얻은 동인들이 계속하여 하옥된 자들이 정여립을 죽였다는 주장을 펼치는 바 시간이 지체될수록 저들의 주장에 힘을 실어주는 꼴이 될 따름입니다. 무엇보다 소신, 자칫 이대로 배후를 밝히지 못하고 사건이 흐지부지 묻히어 행여, 조정이 만백성들에게 웃음거리만 될까 심히 우려되어 충심으로 아뢰는 말씀이옵니다. 하오니 정여립의 모반에 대해 고변을 올린...”

“바라는 바가 무엇인가?”

"!!!"

짧은 반말로 선조가 불쾌감을 드러냈다.

"전하…"

"좀 더 목을 조이려한 것을 내 너무 일찍 막은 것인가?"

선조의 말 그대로 예상치 못한 때 이른 응답에 당황해 말이 없는 정철이었다.

"선택할 길이 무엇인가?"

"그것이… 충심으로 드리는 말씀이오니 오해의 소지가 없사옵기를 바라옵니다."

첫마디를 떼는데 잠시 머뭇거리던 정철이 열린 입을 닫을 새 없이 줄기차게 내어 뱉었다.

"지금 가장 시급한 사안은 전하가 계획하신 음모, 황.. 황송하옵니다 전하!"

무의식적으로 튀어 나온 감히 입에 담을 수 없는 망발에 가까운 언사에 스스로도 놀란 정철의 몸에 일순간 전기가 흘렀다.

"됐으니, 계속하시오!"

무너진 자존심에 불쾌감마저도 사라진 선조였기에 어서 빨리 자리를 벗어나고 싶었다. 눈치를 살피며 정철이 닫았던 입을 다시 열었다.

"그러니까 소신의 뜻은 전하를 대신해 이번 사건에 대해 책임을 떠안을 배후를 만들어 잡혀 있는 저들과 함께 사형에 처하면 그 모든 것은 땅

속으로 묻힐 것이옵니다."

"모든 것... 그 말엔 그대들도 포함되는 것인가?"

정철의 머리에 쓴 사모(紗帽) 안에 감추어진 머리카락이 쭈뼛섰다.

"생각이 정해지면 찾을 것이니 그만 물러가게."

침묵하고 있던 정철을 바라보며 선조가 물러나기를 일렀다.

정철과의 독대 후 편전 안에서 꼼짝 않던 선조가 해가 저물어서야 밖으로 나왔다. 선택이라고는 하나 스스로 정할 수 없는 정해진 선택의 처참함과 무엇보다 무창을 잃어야 한다는 괴로움이 그의 몸과 마음을 힘들게 했다. 침전이 있는 강녕전으로 향하는 그의 발걸음이 몇 번이고 가다서기를 반복했다. 반복되는 수만큼이나 내쉬는 한숨도 덧붙여 이어졌다.

"경회루로 가세."

"네, 전하."

선조의 지시에 등을 들고 앞서 길을 밝히던 이봉정이 방향을 틀었다. 누마루에 오른 선조가 기둥을 사이에 두고 멈춰 섰다. 거리를 두고 지켜 선 이봉정이 호흡과 함께 넘겨지는 마른침 소리마저 행여 착잡한 낯빛의 선조에게 누가 될까 천천히 나뉘어 삼켰다. 마지막 한모금의 침을 삼킨 이봉정이 조심이 물어 아뢰었다.

"전하, 근자에 부쩍 용안이 어두우시옵니다. 무슨 근심이라도 있으시

157

온지요."

아무런 대답 없이 저 만치 근정전 지붕 위로 시선을 옮기는 선조였다. 달빛을 받은 청기와가 푸른빛을 발하고 있었다.

"진심이었네..."

회상에 잠기듯 물끄러미 바라보다 돌아선 선조가 입을 떼었다.

"어린 시절 선대왕께서 머리 크기를 알아보고자 한다며 익선관(翼善冠:임금이 정무를 볼 때 쓰던 관)을 써보라 하실 때에 다른 형님들과 달리 쓰지 않고 어전에 갖다 놓은 것은 결코 나에게 맞는 물건이 아니라 여겼기 때문이었네. 한데, 그 진심이 도리어 나를 그 주인 되게 하였으니 참으로 새옹지마 아닌가."

그는 단 한 번도 자신이 왕이 되리란 생각을 가져 본 적이 없었다. 아니, 되고 싶지 않았다. 선왕께서 숨을 거두기 전 그리하라 명하셨기에 따랐고, 무엇보다 아비가 그리하라 하기에 그저 도리라 여겨 받아들인 것뿐이었다. 기둥에 새겨진 승천하는 형상의 용 문양을 쓰다듬으며 하소연하듯 선조가 말을 이어갔다.

"진심으로 만백성의 본이 되고 싶었네, 그리고 그리 될 수 있으리라 믿었네. 한데, 그 맘을 품는 순간부터가 사욕임을 이제야 깨달은 내 자신이 너무나 어리석으이... 나로 인해 너무나 많은 이들이 생을 마감한 것도 모자라, 이젠 나를 위해 살아온 이들마저 떠나보내야 하는 이 형국이 너무나도 힘겹구나. 모든 게 부질없고 무상스러워 당장에라도 놓고 싶은

158

데 그럴 용기조차 끌어 올리지 못하는 내 꼴이 참으로 한심스럽기만 하
구나."

신료들의 당쟁에 끼여 그 어떤 쪽으로도 기울이지 못하는 나약한 자신
을 보노라니 더욱더 한심하고 초라해지는 선조였다. 답답함이 가슴을
꾹 누르는 통에 숨마저 편히 내쉬지 못했다. 버드나무 가지가 흔들리
나 싶더니 이내 찬바람이 뺨을 스쳤다.

"전하, 밤기운이 차옵니다. 그만 침전에 드시지요."

고뿔을 우려한 이봉정이 한 걸음 다가서며 재촉했다. 허나, 선조는 요
동 없이 마냥 자리를 지켜 서 있었다.

"퍼드득!"

정적을 깨는 소리에 고개를 돌린 선조의 눈에 연못 경계선 바로 위 수풀
에서 심한 날갯짓과 함께 모습을 드러내는 원앙 한 쌍이 새겨 들어왔다.
우왕좌왕하는 꼴이 무언가 위협적 기척에 잠을 깬 듯했다. 어둠 속 같은
방향을 향해 내리 위협하듯 거친 날갯짓을 일삼는 놈들을 지켜보노라니
앞쪽 수풀에서 작은 흔들림이 일었다. 잠시 후, 어이 궁 안으로 숨어들었
는지 알 까닭이 묘연한 삵 한 마리가 날카로운 이를 드러내며 거리를 좁
혀오고 있었다. 궁지에 몰린 생쥐마냥 살기를 내어 품은 원앙이 더욱 거
센 저항을 해댔다. 적잖이 당황한 듯 잠시 머뭇거리던 삵이 날카로운 앞
발을 뻗어 저으며 응수했다. 그렇게 눈으로 보고도 쉬이 믿기지 않는 팽
팽한 양측의 대립이 한동안 이어지는가 싶더니 어느 순간,

"꾸엑!"

뒤쪽에서 들려오는 외마디 소리에 세찬 퍼덕거림과 함께 삵과 대치하던 원앙이 날아올랐다. 유유히 날아 연못을 향해 내려앉는 놈의 앞으로 새끼들을 데리고 연못 중앙으로 나아가고 있는 어미 원앙의 모습이 들어왔다. 그제서야 날지 못하는 새끼들을 피신시키려 수작을 부린 것임을 깨달은 삵이 울분을 토하듯 긴 울음소리를 내어 뱉었다. 어두웠던 선조의 얼굴이 사당패의 놀이 한 판을 보고난 듯 한결 편안히 풀려 있었다. 엷은 미소를 띠우며 선조가 돌아섰다.

"!!!"

돌연, 걸음을 떼던 선조의 눈이 무언가를 깨달은 듯 일순간 커졌다.

"탈출이라뇨, 전하!"

"언제까지 저리 버틸 수 있겠나. 입을 열던 열지 않던 죽임을 당할 것이 뻔한데... 쥐새끼 한 마리도 드나들기 어려운 의금옥에서 빼내기란 불가능에 가깝네. 허나, 망망대해 위에서라면 그나마 가능성이 커지지 않겠나. 이번 삼봉도로 보내는 유배 무리에 월은단을 포함시킬 것이니 자네는 내가 이른 대로 저들이 탈출하기 용이하게 시선을 돌릴 해적선을 포섭해 호송선을 공격케 하게."

자고 있던 자신을 호출했을 때 뭔가 중차대한 일 때문이라 여기긴 했지만 너무나 위험천만한 하명에 그 누구보다도 선조와 무창의 관계를 잘 아는 이공기이지만서도 이번만은 쉽사리 입이 떨어지지 않았다.

"힘든 부탁인 거 아네, 하지만 내게 남은 이는 이제 자네 하나밖에 없으이. 미안하네..."

망설이던 이공기의 맘에 진한 울림이 일었다. 비록 무창만큼은 아니지만 자신을 신하가 아닌 벗으로서 대하는 맘이 묻어나는 선조의 말이 그의 두려움을 쓸어 닦았다.

"소신, 뜻을 받들겠나이다."

"고마우이... 필요한 자금은 약재 비용으로 위장해 충당하게. 사방에 늙고 약은 여우들이 득실대니 조심에 또 조심을 기해 은밀히 움직여야 하네."

"네, 전하."

아침녘이 가까워 옴을 알리는 수탉 울음소리가 궐내에 울렸다. 때를 같이해 침전 문이 열리고 이공기가 물러나왔다.

송익필, 한필 형제와 정철이 나란히 바닥에 머리를 조아렸다 고개를 들었다. 시선 위로 의연한 표정의 선조가 자리하고 서 있었다.

"전하, 저희가 내일 알현 할 것을 일러두었는데 어찌 이 야심한 밤에 직접 행차하셨사옵니까."

"아마도 앞으로 익숙해져야 할 터인데 미리 예행해 두어야 되지 않겠소."

뼈 있는 선조의 응답에 불편함을 애써 감추며 세 사람 모두 담담한 표정을 유지했다.

"그래, 나를 대신 할 희생양은 누구요?"

사족을 제하고 대놓고 물어오는 선조의 언사에 잠시 놀란 기색을 드러내던 정철이 조심히 입을 뗐다.

"일전에 교정청 낭청에 임명되었으나 거부하였던 최영경이 정여립이 달아난 이후에도 서찰을 주고받은 사실이 그 집 종놈의 입에서 실토되었사옵니다."

"게다가 번번이 전하의 부르심을 거부한 것도 모자라 혼란을 조장하는 상소를 올려 나라의 민심을 어지럽히는 등 평소의 언행으로 미루어 짐작컨대 모반의 소지가 역력히 의심되는 바 당장 하옥하여 죄를 묻는 것이 마땅하옵니다."

정철에 이어 송익필이 힘을 실어 덧붙였다. 그들을 바라보는 선조의 맘에 두려움이 일었다. 저리 아무렇지 않게 무고한 자를 한 치의 망설임도 없이 대역 죄인으로 만들어 버리는 모습을 보며 자리에 함께 있다는 자체만으로도 소름이 끼쳤다.

"전하, 정여립과 동조해 모반을 꾀한 길삼봉이 최영경이었다는 사실이 명명백백 밝혀졌사오니 지체할 것 없이 당장 대역죄인 최영경을 사형에 처하시옵소서."

하루 사이에 더욱 기세가 등등해진 정철이 대전이 떠나가라 소리쳤다.

"전하, 단순히 정여립과 서찰을 주고받았다는 이유만으로 그를 길삼봉이라 확신하기엔 무리가 있사옵니다."

"무리라니뇨? 본인 스스로 정체가 탄로 날까 정여립을 자결로 위장해 죽인 것은 물론, 길삼봉의 정체를 안다는 이가 나타났다는 헛소문을 믿고 제거하라 시킨 것 또한 본인이라고 실토하였는데 무엇이 무리란 말이요!"

"그야 고신을 못 이겨 거짓 실토를 한 것이고..."

"말이 되는 소리를 하시오! 제 아무리 고신이 힘겹다 한들 어찌 목숨을 담보로 놓고 거짓 실토를 내뱉는단 말이오. 물증을 내미니 더 이상 물러날 곳이 없다는 걸 깨닫고 늦게나마 양심의 가책을 느껴 맘 편히 떠나고자 이실직고 한 깊은 뜻을 어찌 모르시오."

"그거야... 에헴."

뒤엎을 수 없을 만큼 판세가 기울었다는 사실을 그제야 깨달은 정언신이 못내 말문을 닫았다.

"전하, 명을 내려주시옵소서."

"내려주시옵소서, 전하."

정철에 이어 나머지 서인들이 입을 모아 아뢰었다. 한낱 희망의 끈을 놓지 않은 몇몇 동인들이 선조의 표정을 살폈다. 내내 침묵을 지키던 선조가 입을 뗐다.

"다들 들으시오. 죄인이 자백한 바, 그 죄를 물어 이번 모반 사건의 배후자 최영경은 내일 날이 밝는 대로 참수형에 처할 것이며 아울러 그 머리는 성문 입구에 높이 세워 만백성에게 본보기가 되게 할 것이요. 또한, 그의 사주를 받아 많은 이들의 목숨을 빼앗은 휘하의 무리들은 금번 삼봉도로 보내는 유배무리에 귀속시켜 억울하게 죽은 이들에게 안긴 고통을 고스란히 전해 느끼게 하시오!"

"명을 받들겠나이다 전하."

"눈빛을 보아하니 어찌 알고 왔는지 궁금해 하는 듯 하군."

조명학이 무창과 눈을 맞추고 앉았다.

"늙어 뱃가죽의 기름이 귀와 눈에까지 들어 찬 노신들에게는 전하의 하명이 거슬리지 않았겠지만 적어도 나에게는 이상하게 들리더군. 왜 갑자기 크게 연관 지을 이유도 없는 네놈들을 삼봉도로 보내려 한 것인지... 그냥 지나치기에는 왠지 긁어 만든 부스럼처럼 찜찜하더군. 평소 내 성격이 꼼꼼한 터라 확인하고 싶어졌지."

조명학의 옅은 미소가 무창에게는 살기로 다가와 느껴졌다.

"오길 잘했어, 얽히고설킨 모든 것들이 한 번에 풀렸거든. 비록 실타래의 끝자락을 감히 붙잡을 수 없다는 사실이 안타깝긴 하지만..."

선조가 어명을 내리기 이전부터 조명학은 무언가 일이 이상하게 돌아간다고 느꼈었다. 무엇보다 무창을 취조하는 정철의 행동부터가 생각과 너무 달랐다. 어떻게든 잡아 온 무리와 연관되어 있다고 여겼던 정철의 행동은 지극히 평범했다. 눈빛 그 어디에서도 자신과의 연관성에 대한 우려는 보이지 않았다. 이들이 아니라면 누구일까? 문득, 의문이 들었다. 흘러가는 정황으로 봐서는 글을 깨우치지 못한 천출들의 눈에도 당연 계략의 중심에 서인들이 있어야 마땅했다. 하지만 심장이 얼음장도 아닐 진데, 너무나 태연한 그들의 행동이 조명학을 혼란케 했다. 문득, 너무나 딱 맞아 떨어지는 통에 단 한 번도 의심하지 않았던 현 상황에 스스로 물음이 던져졌다. 물음에 대한 확인이 필요했다. 해서, 몰래 미행을 붙였다. 송익필과 접촉한 정철이 다음 날 예정에 없던 입궐을 하였고, 그 며칠 지나지 않아 다시금 송익필의 집을 찾은 정철에 뒤이어 누군가가 집 안으로 들어갔단 보고를 받았다. 아쉽게도 갓을 깊이 눌러쓴 탓에 얼굴을 확인하지는 못했다 했다. 한데, 그날 이후 모든 일이 급변했다. 최영경 대감이 길삼봉으로 지목되어 하옥되었고, 임금은 바삐 사건을 마무리 지었다. 평소 궐내 행차에도 내금의장을 친히 불러 경로를 들을 만큼 신중함이 깊은 임금으로서는 보기 드문 언사였다. 불현듯 그는 감히 사실이라 한들 결코 상상해선 안 될 일이 떠올랐다. 그날 밤 정철의 집을 찾은 이가 다름 아닌 임금이 아닐까... 거리를 두고 호송선을 뒤따르는 내내 그 생각은 떠나질 않았다. 그리고 지금 눈앞에 앉은 무창을 바라보는 그의 눈엔 확신이 깃들어 있었다. 이 모든 것이 임금의 계략임을...

"달라질 것이 무엇이요!"

무창이 소리쳤다. 들려오는 외침에 무릎을 짚고 일어서던 조명학의 눈이 빛났다.

"물론, 달라질 것은 없지. 허나 그건 대의가 그러한 것이고 한 개인에게는 커다란 기회이지 않겠나?"

어차피 패는 기울었다는 사실을 조명학 또한 모르는 바 아니었다. 해서 득이 되는 쪽으로 배를 갈아타기로 마음먹었다. 어차피 그에겐 여립이 없는 지금의 상황에서 당파는 그리 중요치 않았다. 여립의 목숨을 가져간 놈들도 본인 손으로 잡았기에 보은도 충분히 했다 여겼다. 아직 그에겐 보은해야 할 이들이 넘쳐났다. 이제 곧 명을 다할 연로한 부모에게 효도를 해야 했고, 말없이 가정을 이끌어 온 처에게 풍요와 사치도 안기고 싶었다. 하늘이 준 기회를 붙잡기로 했다.

"한 놈만 살려두고 모두 죽여라!"

돌아선 조명학이 해적들을 잡고 있는 관군들을 향해 소리쳤다. 거래를 위해선 목을 조일 물증이 필요해서였다.

10. 남겨진 자들

 군선의 호위를 받은 호송선이 삼봉도의 두 섬 중 파식대지(파도에 깎여 만들어진 해저 평탄면)라 다가서기가 그나마 쉬운 동도(東島) 지척에 닻을 내렸다. 곧이어 죄수들을 옮겨 태운 작은 부속선(附屬船)이 동도를 향해 나아갔다.

 "씨팔, 그럼 그렇지. 내 복에 무슨 횡재인가 했네..."
 봉길이 하늘에다 대고 들으라는 듯 푸념을 늘어놓았다.

결코 그냥 하는 말이 아니었다. 그는 태어날 때부터 불행을 몸 한가득 안고 나왔다. 그는 몸에 묻은 양수가 마르기도 전에 버려졌다. 그런 연유로 그는 자신을 버린 부모에 대해 아는 바가 전혀 없었다. 그나마 핏덩이인 자신을 암자 앞에 놓아두고 달아나는 것을 본 주지승의 입을 통해 어렴풋하나마 어미에 대하여 들은 게 전부였다. 어미는 다섯 자가 조금 넘는 신장에 적당이 살찐 뒤태가 적어도 배곯을 정도의 가난한 집안에서 살아온 것 같지는 않아 보였던 것으로 주지승은 기억했다. 무엇보다 나풀거리던 댕기머리로 볼 때 어미는 분명 처자였다고 했다. 그 외에는 그 무엇도 알 길이 없었다. 아는 것이 없으니 원망할 이유도 없다 여겼다. 적어도 그 곱디고운 얼굴로 보아 너무도 편히 살아온 듯한 한 부인의 눈물인지 콧물인지 알 길 없는 물방울이 손등에 떨어지기 전까지는...

그의 나이 아홉 살이 되던 해, 불공을 드리러 왔다며 사대부집 부인이 암자를 찾아왔다. 뒤따르는 종놈들이 멘 지게 위에는 겨우 다섯 명이 기거하는 암자에서 족히 반년은 풍족히 먹을 양식들이 얹어져 있었다. 산 아래 기거하는 주민들 중에도 존재를 아는 이가 몇 없는 이 깊은 암자에 등장한 지체 높은 마님의 존재에 수차례의 전시(戰時)속에서도 담담했던 여든을 바라보는 주지승마저 놀란 낯빛을 감추지 못했다.

"이 은덕을 어찌 갚아야 할지, 감사하고 또 감사할 따름입니다."

부인을 향해 주지승의 감사인사가 전해졌다.

"아닙니다. 부처님의 은공 덕에 저희 집안이 평안을 이루고 살아가는 바, 그에 비하면 부족하여 도리어 제가 죄송할 따름입니다."

풍기는 자태만큼이나 목소리 또한 고왔다. 자신의 어미도 저런 사람이 었으면 좋겠다고 봉길은 생각했다.

"이런 깊은 암자에도 동자승이 다 있군요."

"암자 입구에 버려진 것을 받아 키우고 있습니다."

"그래요, 그늘 없이 잘 자랐네요."

자신의 뺨을 매만지는 부인의 손길은 너무도 따스했다. 그래서일까, 사 내들만 기거하는 터라 여자의 품이며 손길을 느껴 본 적 없는 봉길이지 만 이상하게도 낯설거나 불편하지가 않았다.

"아궁이가 어느 쪽에 있습니까?"

"아궁이는 어찌 찾으십니까?"

"왕래하기 쉬운 걸음이 아닌지라 따뜻한 밥 한 끼 지어 드리려구요."

"아이구, 아닙니다."

주지승의 만류에도 불구하고 팔을 걷어붙인 부인이 아궁이로 향했다.

"저도 도울게요."

봉길이 냉큼 뒤쫓았다. 늘상 낯선 이를 경계하던 봉길의 뜻밖의 행동에 암자 사람들 모두가 의아한 눈빛으로 바라봤다. 물론, 봉길 스스로도 이 유는 몰랐다. 그저 몸이 이끌려 함께 하기를 원했기에 따랐을 뿐이었다.

미리 요리하기 좋게 손질해 온 덕분에 별 수고 없이 해가 중천으로 갈 때를 맞춰 상이 차려졌다. 육고기를 먹지 못하는 탓에 가짓수는 많지 않았지만 그래도 봉길에게는 태어나 처음 맛보는 진수성찬이었다. 주지승이 수저를 드는 것을 본 봉길이 뒤이어 수저를 들었다. 그 사이 부인이 주지승과 봉길 앞으로 국을 내려놓았다. 김이 모락모락 피어오르는 미역국이었다. 미역국을 바라보던 주지승의 눈빛이 흔들렸다.

"잘, 잘 먹겠습니다."

감사의 인사를 전하는 주지승의 목소리가 잠시 떨리는가 싶더니 이내 말을 끝맺었다.

"어, 미역국이네, 아침에도 먹었는데..."

봉길이 신기한 눈빛으로 중얼거렸다.

"그러니?"

"네, 오늘이 제 생일이거든요, 히히.. 잘 먹겠습니다!"

국물을 뜨며 봉길이 해맑게 인사를 건넸다.

"많이 먹으렴."

말을 끝낸 부인이 이내 돌아섰다. 손등을 얼굴로 향하는 것이 뒷모습으로 보여졌다. 땀을 흘려 이마를 닦는 거라 봉길은 생각했다. 잠시 후, 식사를 마친 봉길이 부인이 가져온 약과를 깨작깨작 씹어 먹으며 한켠에 배를 깔고 누워 있는 삽살개에게로 다가섰다. 어디가 아픈지 평소 같으면 와락 안겼을 녀석이 오늘 따라 기운이 없는지 고개조차 들지 않았다.

"왜 그래, 어디 아퍼?"

머리를 쓰다듬어 주며 봉길이 대화하듯 물었다. 순간, 코를 잠시 킁킁거리던 녀석이 봉길을 덮쳤다. 이어 뒤로 나자빠진 봉길 위로 올라타는가 싶더니 손에 든 약과를 물고 달아났다.

"야, 너!"

자리에서 일어난 봉길이 입구를 빠져나가는 녀석을 향해 소리치며 뒤쫓았다.

"헉헉, 어디로 간 거야?"

중턱에 다다른 봉길이 차오른 숨을 내쉬며 좌우를 두리번거렸다. 바스락거리는 소리가 옆쪽에서 들려왔다. 평소 녀석이 암자를 벗어나 자주 숨어드는 바위 쪽이었다. 살금살금 바위를 향해 다가섰다. 워낙 약은 녀석인지라 동태를 살펴 덮치려는 생각에 얼굴만 살짝이 내어 바라봤다.

"???"

있어야 할 녀석은 보이지 않고 부인이 울고 있었다.

"그러셨군요."

부인 옆으로 가려져 있던 주지승이 소리와 함께 모습을 드러냈다.

"죄송해요."

"아닙니다. 저 또한 그 입장이었다면 그리 했을 겁니다. 그럼 매년 오늘, 암자 앞에 미역을 가져다 놓고 가신 것도..."

주지승의 물음에 부인이 말없이 눈물을 훔쳤다. 봉길의 눈이 번뜩였다.

그러고 보니 자신 이외에 암자에 있는 그 누구도 생일이라고 미역국을 먹은 적이 없었다. 어찌 산사에서 구경하기 힘든 미역국이 해마다 자신이 태어난 날에만 올려진 걸 왜 그간 한 번도 의심하지 않았을까. 생각이 자라기 전까지는 몰라서 넘어갔고, 머리가 굴러가기 시작할 때는 이미 익숙해져 당연한 것이라 여겼기에 물어 볼 이유를 못 느꼈었다.

"그도 이제 더 이상 할 수 없게 되었습니다. 남편이 평창군수로 발령받아 옮겨가게 되어 저 또한 부득이하게 이곳을 떠나게 되었습니다. 해서 마지막으로 손수 따뜻한 미역국이라도 끓여주고자 이리 걸음 한 것입니다. 한데, 괜히 왔다 싶네요. 차라리 보지 않았으면 몰랐을까 이리 직접 얼굴을 보고나니 눈에 밟혀 앞으로 어찌 살아갈지..."

흘러내리는 눈물을 소매 자락으로 닦아내며 긴 한숨을 내쉬는 부인이었다.

"생각이 맑은 녀석이니 훌륭히 자랄 것입니다. 걱정 마십시오."

"부디 저 아이를 잘 보살펴 주십시오."

말끝을 흐리는 부인의 손등으로 눈물방울이 떨어졌다. 지켜보던 봉길의 손등에도 눈물방울이 떨어졌다. 같은 눈물방울이지만 그 의미는 전혀 달랐다. 사죄하는 부인의 눈물과 달리 봉길의 눈물은 분노의 눈물이었다.

산을 내려가는 부인의 뒤를 누군가가 미행하듯 거리를 두고 뒤따랐다.

봉길이었다. 마을로 들어선 부인이 마을 중앙에 우뚝 선 기와집 안으로 사라졌다. 키를 넘는 높은 담벼락 탓에 안을 들여다보기가 힘들었던 봉길이 주변을 살폈다. 집 안에 뿌리내린 나무에서 뻗어 나온 굵은 가지가 담 밖으로 나와 있었다. 어릴 적부터 놀이 삼아 암자 주변 나무에 오르던 실력 덕에 어렵지 않게 가지를 타고 나무 위로 올랐다. 보여지는 집 안은 생각보다 크고 넓었다. 때마침 부인이 마당 안으로 들어서고 있었다.

"엄마..."

이제 막 걸음을 뗀 듯한 계집아이가 아장아장 걸어와 부인의 품에 안겼다. 지켜보는 봉길의 두 눈이 후회로 가득 찼다. 괜히 왔다 싶었다. 어차피 달라질 것도 없는데 무엇 하러 온 것인지 씁쓸한 후회를 안고 나무를 내려왔다.

"내 놔!"

들려오는 소리에 고개를 돌렸다. 어느새 다가온 자신 또래의 사내아이가 손을 내밀고 서 있었다. 비단 저고리와 하얀 볼살이 햇빛에 반사되어 빛이 났다.

"뭘?"

"감!"

아이의 말에 나무 위를 힐끔 바라봤다. 가지 끝자락으로 먹기 좋게 익은 주황빛 감이 불어온 바람에 대롱거렸다.

"순순히 내놓으면 용서해주마."

무시하며 돌아서는 봉길이었다.

"퍽!"

작지만 매운 주먹이 봉길의 등을 향해 꽂혔다.

"퍽!"

몸을 돌린 봉길이 지체 없이 응징의 주먹을 날렸다. 들끓고 있던 감정이 쏠린 주먹은 너무나 강했다. 나가떨어지는 아이의 입에서 뿜어져 나온 핏물과 함께 하얀 앞니가 허공을 향해 날았다.

"으앙~"

피를 본 아이가 울부짖었다. 떠나 갈 듯한 울음소리에 다급한 발걸음 으로 사내 하나가 쫓아왔다.

"도련님…"

아이를 일으켜 세우는 머슴의 얼굴이 낯이 익었다. 부인을 따라 암자로 쌀을 지고 온 머슴이었다. 봉길은 놀랄 틈도 없이 머슴에게 멱살 잡혀 집 안으로 끌려갔다.

"이런 고얀 놈! 부처님의 뜻을 따르는 동승이란 놈이 저잣거리 왈패나 일삼는 주먹질을 해대다니! 내 친히 네놈의 죄를 깨닫게 하리라! 뭣들 하 느냐, 당장 옷을 벗기지 않고!"

아이의 아비가 마당 한켠에 다발로 놓인 싸리가지 중 하나를 골라 들었 다. 매질의 용도로 다듬은 싸리는 봉길의 키만큼이나 길고 가늘었다.

"휘잉~"

허공을 가르는 날카로운 싸리가지 소리에 지켜보는 이들마저 소름이 끼쳐 인상을 찌푸렸다. 한데, 정작 당사자인 봉길만은 너무나도 태연했다. 그에게는 날아드는 싸리가지의 공포에 앞서 자신에게 안긴 아이의 두 눈을 가리며 지켜보고 서 있는 부인에게 온 신경이 집중되어 있었다. 말없이 그저 보고만 있는 부인의 모습에 쓴웃음이 흘러나왔다.

"이 놈이 웃어!"

더욱 세찬 매질이 이어졌다. 그럴수록 더욱 입가에는 미소가 띠워졌다. 가슴속으로 아파하고 있을 부인, 아니 어미를 보노라니 속이 개운했다. 다발로 놓여 있던 싸리나무가 어느새 바닥을 드러냈다. 마음은 고통을 모르겠으나 만신창이가 된 몸이 고통을 버티지 못하고 항복하며 결국, 봉길은 쓰러졌다. 눈을 떴을 때, 암자로 와 있었다. 기운을 차린 봉길은 택기 아제를 찾았다. 훈련원 교관으로 있던 택기 아제는 이 년 전 속세를 떠나 암자로 찾아들었다. 승려가 되려고 온 것은 아니었고 그저 때를 기다리고 있다는 말만을 입버릇처럼 했다. 그리고 그때를 위해서라며 하루도 빠짐없이 무술 수련을 게을리 하지 않았다.

"아제, 나도 무예 좀 가르쳐 줘."

평소 몸을 쓰는 일보다 글 읽기를 좋아하던 봉길의 예상치 못한 부탁에 검을 휘두르던 택기 아제가 순간 멈추어 섰다.

"갑자기 무예는 뭣에 쓸려고?"

"살다보니 내 몸 하나 지킬 줄 알아야 되겠더라구."

어린 봉길의 마음에 결코 생각지 말아야 할 꿈이 생겼다. 싸리를 맞는 사이 어미가 괴로워하는 모습에서 희열을 느꼈다. 해서, 어미를 괴롭히기로 맘먹었다. 바로 그녀의 남편을 죽이고 자식을 죽여 어미가 가슴 찢는 모습을 지켜보기로 했다. 그러기 위해선 무엇보다 힘이 필요했다. 넉살 좋은 봉길의 태연한 대답에 아무런 의심 없이 택기가 봉길을 제자로 받아들였다. 목표가 생긴 봉길은 끼니도 잊은 채 열심이었다. 그 열정에 덩달아 신이 난 택기는 무술뿐만 아니라 병법이며 극비사항인 군 체계 조직까지 자신이 가진 모든 것을 봉길에게 알려줬다.

삼 년이 흘렀다. 그 사이 병법이며 지략에 대한 응용은 스승인 택기 아제의 간담을 서늘케 할 정도로 일취월장한 봉길이었다. 그렇지만 아쉽게도 무예실력만은 그에 발맞추지 못했다. 애당초 체질적으로 몸을 쓰는 일은 봉길에게 맞지 않는 옷과 같았다. 허나 노력을 이기는 실력은 없다고 여긴 봉길은 수련을 게을리 하지 않았다. 훈련이 없는 날에도 봉길은 새벽녘부터 산에 올랐다. 문제의 그날도 다들 잠든 새벽녘에 홀로 수련을 위해 암자가 내려다보이는 절벽을 향해 뛰어 올랐다. 쉬지 않고 달려온 터라 가빠 온 호흡을 가다듬으려 팔을 벌리며 숨을 내어 뱉는 봉길의 눈에, 아직 떠오르지 않은 해로 인해 어둑한 산 아래에서 불꽃이 보였다.

"!!!"

불타오르고 있는 곳은 다름 아닌 암자였다. 황급히 암자를 향해 내달렸다. 암자에 다다랐을 때 관군들에게 이끌려 입구를 나오는 택기 아제가 눈에 들어왔다. 마당 안에는 주지승을 비롯한 승려들의 시체가 나뒹굴고 있었다. 후에 들으니 임금의 어미되는 문정황후의 수렴청정에 불만을 품은 무리들이 반란을 꾀하였는데 그 일당 중 택기 아제가 끼여 있었다고 했다. 그렇게 뜻하지 않게 암자를 떠나온 봉길은 발길을 어미가 옮겨간 평창으로 향했다. 계획을 실행하기 전 동태 파악을 위해 평창에 도착하자마자 군수 사가를 찾았다.

"아이고, 아이고.."

골목을 틀어 대문 쪽으로 발길을 돌린 봉길의 귓전에 난데없는 곡소리가 들려왔다. 이어 대문을 나오는 꽃상여가 눈에 들어왔다. 어미를 처음 봤을 때의 그 느낌처럼 자신을 향해 다가서는 꽃상여에서 묘한 기운이 느껴졌다.

"어머니! 흑흑흑.."

뒤따르는 낯익은 상주의 소리에 털썩 주저앉았다. 끝까지 자신을 배신한 어미가 너무도 원망스러웠다. 무엇보다 어미에게 안기려던 슬픔을 자신이 느끼고 있단 사실이 더욱 그를 분노케 했다. 참을 수 없는 분노에 어미의 묘를 찾았다.

"누구 맘대로 편히 사시려고 하십니까? 걱정 마십시요, 내 끝까지 당신을 괴롭혀 드릴테니…"

이제 돌아가신 어미에게 봉길이 복수할 방법은 하나뿐이었다. 바로 자신이 망가지는 것. 자신을 스스로 망가뜨리는 것. 하늘 위에서 지켜보고 있을 어미에게 보란 듯 세상에 둘도 없는 잡놈 개망나니가 되기로 맘먹었다. 그 첫 시작으로 어미가 낳은 배다른 여식을 탐하였다. 곧 봉길을 찾는 수배 방이 팔도에 나붙었다. 피해 다니며 도적질이고 강간질이고 닥치는 대로 죄를 저질렀다. 포상금이 일천 냥에 이르렀으나 봉길은 쉽사리 잡히지 않았다. 도리어 그의 신출귀몰함에 갖은 소문이 난무했다. 다 택기 아제 덕이었다. 헛소문이 돌고 돌아 따르는 자가 생겨났다. 한 달 여 만에 그 수가 오십 여명에 이르렀다. 더 이상 그들을 이끌고 돌아다니기는 무리라 여긴 봉길은 오대산 깊은 자락에 터를 잡았다. 어떻게 알았는지 나라에 쫓기는 자들의 행렬이 꼬리를 물고 이어져 들어왔다. 부락을 이룰 정도로 커진 소굴에는 체계가 필요했다. 해서 소굴의 이름을 극락촌이라 명하고 촌을 대표하는 자신을 금강선사라 칭하였다. 도적질한 것들의 일부는 가난한 이들에게 나눠줬다. 어미에게 한 복수의 다짐에는 어긋난 일이나 자신을 길러준 주지승에 대한 예의란 생각에 그리했다. 그 덕에 백성들이 그를 의적으로 여겨 위기 때마다 관군들의 추적을 피할 수 있게 도와주었다. 그해 겨울, 임꺽정이라는 자가 무리를 이끌고 쫓기듯 극락촌을 찾아 왔다. 자신과 힘을 합해 나라를 뒤엎자는

제의를 해왔다. 마다했다. 이유는 간단했다. 그의 눈과 입이 정의로웠기 때문이었다. 정의로운 건 곧, 어미가 기뻐할 일. 다짐에 위배되는 일이었다. 해서, 달포 치 식량과 화살 천 개를 주어 돌려보내었다. 그로부터 얼마 되지 않아 파발 무리를 덮쳐 빼낸 서찰에서 그가 참모인 서림의 밀고에 의해 붙잡혀 사형 당했다는 소식을 접했다.

"쯧쯧쯧.. 병법에 손 닿는 자를 항상 주의하라 하였거늘."

그의 어리석음에 혀를 내어 찼다. 도적의 우두머리로 살아가는 동안 나라님이 바뀌었다. 그 사이 극락촌은 더욱 세가 커졌다. 기세에 관할 군수도 손을 놓았다. 기고만장해진 봉길은 군수의 사가로 쳐들어가 안주인과 두 딸을 납치했다. 보쌈해 오는 도중 보자기 안에서 안주인은 혀를 깨물고 자결했다. 이틀에 걸쳐 두 딸들을 탐하였다. 삼 일째 되던 날 아침, 참모로 가까이 두었던 영창에게 보이지 않는 곳에 가 죽이라 명했다. 그리고 까마득히 잊고 있었다. 달포가 지날 때쯤 식전에 갑자기 영창이 놈이 사색이 되어 뛰어 들어왔다.

"큰일 났습니다!"

"똥줄이라도 탔냐! 웬 호들갑이야?"

도적질을 위해 채비를 하고 있던 봉길이 각반을 돌려 감으며 물었다.

"다, 달아났습니다..."

"이 놈이 미쳤나, 다짜고짜 뭐가 달아났다는 거야?"

"군수집 딸년이..."

"!!!"

어리석은 영창이 욕정을 못 이겨 그간 딸년 중 하나를 몰래 동굴에 숨겨 두고 밤마다 찾아들었다는 것이었다. 한데, 간밤에 그년의 간드러진 꾀임에 넘어가 평소와 달리 묶어두지 않은 통에 달이났다며 어쩔 줄 몰라 했다.

"으악!"

놈에게 분노를 표하기도 전에 밖에서 아우성이 들려왔다. 문을 열고 나서자 관군들이 촌을 포위하고 있었다. 임꺽정의 한심함을 꾸짖던 자신이 부끄러웠다. 결국, 관군에 잡혀 강원 감영(監營)으로 끌려와 하옥된 봉길은 사형을 언도 받았다.

"참나, 전생에 무슨 죄를 크게 지었길래, 이리 인생이 꼬이냐."

죽음을 목전에 두고 허탈한 웃음밖에 나오지 않았다. 사형집행이 있기 전 날, 감영으로 상소를 올린 자들을 삼봉도로 보내라는 어명이 내려왔다. 이에 민심을 우려한 관찰사가 상소를 올린 이들을 잡아들이는 대신 옥에 있는 이들 중 다섯을 추렸는데 하필이면 재수 없이 개중에 봉길이 포함되어 이곳 삼봉도로 끌려오게 된 것이었다. 허니, 그가 복이 없다고 여기는 것은 어찌보면 당연한 일이었다.

배에서 내린 열한 명의 죄수들이 무거운 쇠사슬들을 몸에 안고 힘겹게 경사진 언덕을 올랐다.

"나 참, 죽으러 가는 마당까지 개고생이네."

봉길의 투덜거림에 앞서 오르던 홍선이 피식 웃었다.

"악!"

외마디 비명이 섬을 울렸다. 힘에 부쳐 족쇄과 이어진 쇳덩이를 안고 있다 발등에 떨어뜨린 소옥이었다.

"당장 일어나지 못해!"

뒤따르던 관군이 다가서며 호통을 쳤다. 힘겹게 일어서던 소옥이 다시금 주저앉았다.

"이년이!"

들고 있던 방망이가 소옥의 머리통을 향해 날아들었다. 순간, 관군의 팔을 누군가 잡아챘다.

"뭐야!"

"그만 하시오!"

무창이 노려보며 말했다.

"이 놈이 죽고 싶어 환장했나!"

"흐르는 피가 보이지 않소?"

소옥의 발등에서 핏물이 배어 나왔다. 잠시 머뭇거리던 관군이 입가에 야비한 미소를 띠우며 천천히 팔에 힘을 뺐다.

"흥, 그래 그렇구만. 아무래도 혼자 가긴 무리인 것 같지? 업어!"

관군이 무창을 향해 명을 내렸다.

"아닙니더, 제가 가겠심니... 윽!"

폐를 끼치고 싶지 않은 마음에 일어서던 소옥이 고통에 또다시 주저앉았다. 잠시 바라보던 무창이 등을 내밀며 한쪽 무릎을 꿇고 앉았다.

"제가 업겠습니다."

앞서 있던 천복이 다가섰다.

"윽!"

관군의 몽둥이가 천복의 어깻죽지로 날아들었다.

"누가 나서래!"

어깨를 매만지며 일어선 천복이 관군을 죽일 듯 노려봤다.

"아, 아니 이놈이..."

살기 어린 표정에 겁먹은 관군이 몸을 뒤로 빼며 중얼거렸다.

"천복아!"

무창의 제지에 화를 억누르며 고개를 돌리는 천복이었다.

"업히시게."

당황한 소옥이 머뭇거렸다.

"괜찮으니 어여..."

재촉하는 말을 듣고서도 쉬이 업히지 못하는 소옥이었다.

"이년 당장 안 업히고 뭐하는 게야!"

지켜보던 관군의 호통이 이어졌다. 놀라 겁에 질린 소옥이 머뭇거리다 무창의 등에 업혔다. 무릎을 짚고 일어선 무창이 걸음을 뗐다. 땅에 끌리며 나아가는 쇳덩이로 인해 먼지가 일었다. 등에 업힌 소옥의 맘이 무겁기 그지없었다. 뒤에서 따르던 봉길이 고개를 낮추어 소옥의 치마 속으로 눈길을 옮겼다.

"이놈!"

옆에 선 종만의 근엄한 나무람이 들려왔다.

"닳는 것도 아닌데 뭘 그러슈!"

공개적인 채근에 멋쩍어진 봉길이 고개를 돌렸다.

한 식경(30분)을 넘어서자 마지막으로 겸을 부축한 만복이 평탄지 위에 올랐다. 창백한 낯빛의 겸이 옅은 신음을 내뱉었다.

"놈들을 말뚝에 채워라."

미리 올라 있던 조명학이 소리쳤다. 지시에 관군들이 죄인들을 바닥에 깊이 박아둔 쇠말뚝에 차고 있던 수갑과 족쇄를 연결했다.

"그냥 내버려둬도 어차피 죽을 목숨, 달아날 때가 어딨다고... 꼭 이렇게까지 해야 합니까!"

봉길의 푸념이 끝나기 무섭게 조명학의 칼집이 뒷목덜미를 향해 날아들었다. 세차게 칼집을 맞고 기절한 듯 봉길이 힘없이 고개를 떨구었다.

"맘 같아선 돌아가신 어르신을 생각해 너를 단칼에 베어버리고 싶다만 지켜보는 눈들 탓에 그리 할 수 없다는 게 원통할 뿐이다."

"폐하를 부탁하오."

말을 끝내고 돌아서던 조명학이 귀를 의심했다. 천천히 돌아선 조명학을 향해 무창이 말을 이었다.

"타고난 눈빛은 숨길 수 없는 법, 의(義)와 충(忠)을 아는 분 같아 부탁하는 말이오."

"이놈, 무슨 망발이냐!"

조명학의 칼이 무창의 목을 향했다.

"사욕은 있으되 애국을 뛰어 넘지는 못하고, 가족을 위하되 임금 위에 있지 아니하니 능히 충신이라 여겨지는 바, 부디 기댈 등을 잃은 폐하의 등이 되어주시게."

조명학의 떨리는 팔이 들고 있던 칼에까지 전해져 떨렸다. 한참을 노려보던 조명학이 칼을 거두고 돌아섰다.

"행여 살아남을 자가 있을지 모르니 숲에 불을 질러라!"

살아난다 한들 섬을 벗어날 수는 없겠지만 숨을 이어 살아가는 작은 구실마저 주지 않으려는 조명학이 돌아서며 명을 내렸다. 지시에 관군들조차 놀라 머뭇거렸다.

"뭣들 하느냐!"

불호령에 평지 끝자락에 자릴 틀고 있는 작은 대나무 숲을 향해 관군들이 바삐 뛰어갔다.

"타닥, 타닥.."

신경을 거슬리는 소리에 봉길이 깨어났다.

"킁킁.. 이거 무슨 냄새야? 어디 불이라도 났나?"

중얼거리며 고개를 돌린 봉길의 눈에 불길을 쏟아내며 타오르는 대나무 숲이 들어왔다.

"으악! 불이야! 불!"

한때 오대산 일대를 주름잡던 우두머리였다고는 그 누구도 믿지 못할 봉길의 호들갑에 절벽바위에 자리 잡고 앉아 있던 괭이갈매기들이 놀라 날아올랐다. 벗어나려 쇠 말뚝을 잡아당기는 봉길의 얼굴이 붉게 달아올랐다.

"뿌웅~"

워낙 힘주어 당기는 통에 방귀가 새어 나왔다.

"거 용 쓴다고 뽑힐 일 없으니 괜한 힘 빼지 말고 그 시간에 비나 내려달라고 부처님한테 기도나 드리슈. 내 볼 때 그게 훨씬 가망이 크니."

한쪽에 앉아 팔자 좋게 강아지풀을 입에 문 철기가 한심하단 얼굴로 봉길을 바라보며 입을 뗐다. 철기의 말에 일리가 있다 여긴 듯 쇠말뚝 뽑기를 멈춘 봉길이 머리를 조아리고 합장해 기도를 시작했다.

"나무아미타불 관세음 보살님, 제발 비를 내려주시옵소서. 그냥 비 말고 아주 폭우를 내려 주시옵소서..."

영락없는 땡추의 모습이었다. 봉길의 기도가 이어지는 사이 대나무 숲을 벗어난 불길은 바닥에 있는 무성한 잡초들을 향해 옮겨 붙었다.

"흑흑흑.."

봉길의 기도 소리에 뒤섞여 어디선가 울음소리가 들려왔다. 홍선이었다.

"난 정말 억울해, 억울하단 말이야!"

멀어져 가는 배를 향해 홍선이 목이 찢어져라 소리쳤다.

홍선은 대를 이은 무관 집안의 후손이었다. 지금 아비는 비록 하찮은 무록관(無祿官:녹봉이 없는 관직)으로 향교 훈도(訓導:훈련교관)의 일을 보고 있지만 윗대는 의정부 우정승을 추증 받은 최무선(崔茂宣)과 공조 우참판까지 지낸 최해산(崔海山) 등 나라에 혁혁한 공을 세운 이들이 즐비한 집안이었다. 그 뿌리를 자랑스레 여기던 아비인지라 쇠퇴한 집안이지만 기개만큼은 현감 앞에서도 굽힘이 없었다. 그런 아비가 홍선은 자랑스러웠다. 허나, 가까이 다가서 그 맘을 전할 수는 없었다. 그는 종년의 몸에서 난 서자였다. 아비가 취기에 어미를 품었고 후에 임신한 사실을 안 본처가 어미에게 애 떼는 한약을 강제로 먹였다. 하지만, 평소 아비를 흠모하던 어미였기에 이대로 뿌리를 죽여 없앨 순 없었다. 해서 다섯 손가락 모두를 목구멍에 집어넣어 긁었다. 긁힌 목에서 피와 함께 삼켰던 약물이 쏟아져 나왔다. 그러고도 우려가 가시지 않은 어미는 신물이 나올 때까지 한참을 긁었다. 사실을 안 본처가 또다시 약을 먹였고 어미는 어김없이 토해냈다. 그 사이 배는 불러왔고 보는 눈들이 있어 더 이상은 본

186

처도 어찌하지 못했다. 그렇게 힘겨운 사투 끝에 세상에 나온 홍선은 미처 깨워 내지 못한 약기운 탓인지 날 때부터 비실거렸다. 다들 얼마 못살고 죽을거라 여겼다.

하지만 어미의 집착은 강했다.

심마니에게 몸을 내어 주고 산삼을 얻어 홍선에게 먹였다.

창백하던 홍선의 낯빛에 생기가 돌아났다. 허나, 자신이 건강을 얻은 대신 어미의 죽음을 지켜봐야 했다. 심마니와 몸을 섞은 사실이 탄로 난 어미는 매를 맞아 죽었다. 이를 빌미삼아 본처가 홍선마저 죽이려 했지만 그나마 시어미가 말려 살 수 있었다. 어미를 잃은 홍선은 종들과 함께 지냈다. 산삼 덕인지 홍선은 총기가 뛰어났다. 마당을 쓸며 향교에서 흘러나오는 아비의 가르침 소리에 글을 깨우치고 사서삼경을 익혔다. 학문을 익히는 것만큼이나 무엇인가 새로운 물건을 만드는 일 또한 좋아하는 홍선이었다. 개중에 각종 농기구며 생활에 유용한 것들도 많아 머슴들도 그 덕을 톡톡히 봤다. 어느 날, 얼음 위를 제치고 놀다 문득 나막신에 쇠붙이를 붙여 제치면 훨씬 수월하고 멀리 나갈 수 있으리란 생각이 번뜩 떠올랐다. 지체 없이 나막신을 찾으려 이것저것 잡다한 것들을 모아 두던 안채 뒤켠 창고로 향했다. 선반 위로 나막신이 눈에 들어왔다. 손이 닿지 않는 통에 한쪽에 있던 지게를 세워 밟고 올랐다. 웬일인지 나막신이 한 짝밖에 보이지 않았다. 여기저기 들쑤시며 찾던 홍선의 눈에 엎어 놓은 삼태기 안으로 서책 한 권이 띄었다.

"화약.. 수련법...?"

먼지가 자욱한 서책을 바라보는 홍선의 두 눈이 언제나처럼 호기심으로 번뜩였다. 서책을 집어 내려온 홍선이 자리를 잡고 앉았다. 찾아든 용무도 잊은 채 서책을 읽어 나가는 홍선의 눈빛이 빛을 발했다. 한참 후, 책의 마지막 장을 덮는 홍선의 표정이 신기함으로 가득 찼다. 머리로 책을 익힌 홍선의 몸이 근질거렸다. 결국, 넘쳐난 호기심에 화약 제조에 들어갔다. 분탄(粉炭:가루로 된 석탄이나 목탄)은 버드나무가지를 태운 목탄에서 나온 것이 좋다는 내용에 직접 태워 마련하였고 유황은 얼마 전 시력이 좋지 않아 번번이 장부기재를 잘못해 고생하던 시전 상인 노사덕에게 돋보기를 만들어 준 덕에 이를 핑계로 부탁해 어렵지 않게 구했다. 마지막으로 초석(礎石)이 문제였다. 내용에 이르기를 온돌 아래 흙을 오줌과 나뭇재를 섞어 묵히라 했는데 멀쩡한 방바닥을 들어 낼 수도 없고 고민이었다. 며칠을 고민하던 홍선은 역병이 돌아 출입이 통제된 언사골로 향했다. 그의 집요한 호기심은 나라님도 떨게 하는 역병마저도 상대가 되지 못했다. 그렇게 목숨을 건 화약 제조는 자그마치 오 개월이 지나서야 결실을 맺었다. 화약을 조심히 무명주머니에 쓸어 담은 홍선이 실험을 위해 마을을 나섰다. 한 시진을 내리 걸어 마을에서 한참이나 떨어진 포구에 당도한 홍선은 인적이 없는 구석진 동굴로 들어갔다. 화약을 쌓아 올리고 심지 역할을 할 새끼줄을 꽂은 뒤 불을 붙였다. 가느다란 새끼줄이 천천히 타들어갔다. 다음번엔 기름을 묻힌 천을 써야겠단 생각을 했다. 새끼줄이 반쯤 타들어가는 것까지만 지켜보고 냅다 동굴 밖으로 내달렸다. 숨을 헐떡거리며 입구로 나오자마자 귀를 막았다. 어찌된 일인지 아무소리도 들리지 않았다.

"이상하네? 지금쯤 터져야 하는데..."

의아한 눈초리로 동굴 안을 들여다보았다.

"무슨 꿍꿍이야?"

소리에 놀라 돌아보자 어떻게 따라왔는지 본처의 아들인 성태가 잔뜩 심기 불편한 표정으로 꼬나보고 있었다.

"형, 형님!"

놀란 홍선이 뒤로 한 발짝 물러섰다.

"형님은, 누가 네 형님이야? 종놈 자식 주제에!"

성깔머리가 어미 못지 않았다.

"요사이 곡간에 쌀들이 사라진다 했더니 네놈 짓이었구나."

"오해십니다 형... 아니 도련님."

"분명히 쌀 주머니를 들고 나가는 걸 내 눈으로 확인하고 따라붙은 것인데 끝까지 발뺌 할 것이냐!"

"진짭니다, 제가 들고 온 건 절대 쌀이 아닙니다. 믿어 주십시오."

"흥, 쌀이 아니면 도대체 뭐란 말이냐?"

"그러니까 그게..."

차마 화약이란 말을 하지 못하고 머뭇거리는 홍선을 보고 더욱 확신의 심지가 굳은 성태가 동굴 안으로 발길을 옮겼다.

"진실인지 아닌지는 내가 직접 들어가 보면 확인될 일."

"안됩니다, 형님!"

가랑이를 붙잡고 매달리는 홍선이었다.

"아니, 이놈이!"

세찬 발길질이 홍선의 가슴팍을 향해 날아들었다.

"윽!"

외마디 비명과 함께 뒤로 나자빠지는 홍선이었다. 고통에 가슴을 부여잡고 뒹구는 홍선의 시야로 동굴 안으로 사라져 가는 성태의 뒷모습이 들어왔다. 잠시 후,

"쾅!"

고막을 찢는 듯한 폭음과 함께 희뿌연 연기가 동굴 밖으로 새어 나왔다. 분노한 본처는 홍선을 그대로 넘기지 않고 반병신이 될 만큼 흠씬 매질을 한 뒤 관가에 넘겼다. 옥사에 갇힌 홍선은 곧 숨이 끊어질 거란 의원의 확진에도 불구하고 끈질긴 생명력으로 서서히 기력을 찾기 시작했다. 어미가 먹인 산삼의 효험이 여지껏 이어진 거라 여기고 어미에게 감사했다. 소식을 들은 본처가 그렇잖아도 삼봉도로 보낼 죄인을 선별하느라 고심 중이던 현감을 꾀어 홍선을 강원감영으로 올려 보냈다.

"어데 억울한 게 니 하나 뿐 인줄 아나?"

한쪽에 있던 털보 장덕보가 긴 침묵을 깨고 말문을 열었다. 여섯 척(약 188cm)이나 되는 만복의 신장에다 머리를 서너 개는 더한 솟은 키와 산만한 덩치의 거구였다. 게다가 열린 눈과 솟아난 코, 벌어진 입을 빼고는 온 얼굴이 털로 뒤덮여 마치 한 마리 곰을 연상케 했다.

"억울한 걸로 따지믄 세상에 내 만큼 억울한 놈은 없을끼다! 카악 퉤!"

생각할수록 부화가 치밀어 오르는 듯 말을 끝낸 덕보가 가래침을 내어 뱉었다.

덕보의 일가는 근근이 입에 풀칠하며 삶을 연명해 가던 소작농 집안이었다. 그런 집안에 황소 한 마리가 굴러 들어왔다. 평소 덩칫값하며 힘겨루기에는 자신 있었던 덕보가 단옷날 벌어진 씨름판에 처녀 출전해, 삼 년을 내리 장사로 이름을 떨치던 지역의 타고난 씨름꾼 강억만을 이기고 장사가 되어 얻은 것이었다. 집이며 농지며 제 것 하나 없던 집안에 유일한 재산이 생겼기에 황소에게 금복이라 이름까지 붙이고 애지중지했다. 한데, 이놈이 어느 날 외양간에서 사라진 사건이 생겼다. 온 동네며 산자락을 이 잡듯 찾아 헤맸지만 금복이의 모습은 그 어디에도 보이지 않았다. 결국, 해가 지고 나서야 포기하고 집으로 돌아왔다.

"음메~"

망연자실한 채 마당 안으로 들어서자 놈의 울음소리가 들려왔다.

"야, 이 자슥아, 어델 댕기다 온 거고! 으이."

주인의 애닳는 마음을 아는지 모르는지 평소처럼 긴 혓바닥을 내밀며 연신 덕보의 얼굴을 핥는 금복이었다. 그런데 다음날, 뜻밖의 난처함이 덕보를 놀라게 했다. 아침 녘에 여물을 주려 외양간으로 나섰다가 눈이 휘둥그레졌다. 금복이 놈 옆에 처음 보는 소 한 마리가 볼을 비며대고 있었다. 모양새로 보아 밤사이 일을 치른 듯 연정의 냄새가 폴폴 일었다.

"뭐꼬, 이기 우예된 일이고!"

어안이 벙벙해진 덕보를 바라보던 금복이 멋쩍은 듯 두 뿔을 나무에 긁어댔다. 어디서 왔는지 알 길이 없던 덕보는 암소를 끌고 나와 제 집을 찾아가라고 마을 어귀에 데려다 놓아주었다. 하지만 집을 찾아가기는커녕 어느새 자신의 뒤를 따라와 다시금 금복이 곁으로 달려갔다. 도리 없다 여긴 덕보는 주인이 나타날 때까지 녀석을 맡아 두기로 하고 외양간 안으로 들여보냈다. 사단은 이틀 후에 났다. 전날부터 기력이 없는지 골골대던 금복이가 아침에는 아예 드러누워 일어날 기미를 보이지 않는 것이었다. 가쁘게 내쉬는 숨소리를 들어보니 상태가 많이 좋지 않았다. 한시바삐 논을 갈아엎어야했던 덕보는 하는 수 없이 금복이를 대신해 암소를 끌고 밭으로 나갔다.

"맞네, 맞아. 분명 우리 소네!"

소리에 밭을 갈던 덕보가 돌아보았다. 낯익은 사내하나가 관졸(官卒)들을 이끌고 밭을 향해 성큼성큼 다가왔다. 다가서는 사내의 얼굴을 자세히 보니 씨름 대회에서 모래판에다 내다꽂은 억만이었다.

"야, 이 도둑놈아! 감히 우리 소를 훔쳐가!"

"뭔 소립니꺼? 훔치다니? 누가 뭘 훔쳐!"

"훔친 게 아니믄 뭔데, 지발로 걸어오기라도 했단 말이가?"

"잘 아네, 당신 말대로 지발로 걸어 왔습니더.."

다그치는 억만을 향해 덕보가 물러서지 않고 대꾸했다. 덕보의 답에 억만은 물론 지켜보던 관졸들까지 피식거렸다.

"지나가던 개가 웃겠다. 나리님들 뭐하십니꺼, 이 소도둑놈 안 잡아가고..."

억만의 말이 끝나기 무섭게 덕보의 팔을 양쪽에서 낚아채는 관졸들이었다.

"잠깐만요, 내 말 쫌 들어보소!"

덕보의 하소연에 아랑곳 않고 작정하고 온 것 마냥 덕보를 부여잡는 관졸들이었다. 워낙 거구의 덕보인지라 다섯이나 되는 관졸들이 달라붙었음에도 한참이나 걸려 포박할 수 있었다.

관가로 끌려 온 덕보 앞에 사또가 아닌 아전(衙前) 강송태가 나서고 섰다. 한양으로 부름을 받고 올라간 사또를 대신해 재판을 맡은 것이었다.

"네 이놈! 먼데도 아니고 엎어지면 코 닿을 곳에 있는 이웃의 소를 훔쳐!"

"나으리, 억울합니더. 말씀드렸다시피 저 놈의 소가 지발로 찾아 와가
꼬..."

"닥쳐, 이놈!"

아전의 불호령에 더 이상 말을 잇지 못하는 덕보였다.

"이런 천하에 나쁜 놈..."

한 손에 들고 있던 납세 장부를 훑어보던 아전의 눈동자가 멈춰 빛났다.

"있는 놈이 더하다더니만 소까지 가진 놈이 세금 열 냥이 없다고 안
내."

난데없는 세금 타령에 뭔가 석연치 않은 분위기를 느낀 덕보가 어느 순
간 눈을 치켜떴다.

"!!!"

워낙 쓰임이 없어 이끼가 끼여 있던 머리가 망치로 얻어맞은 것처럼 번
쩍했다. 이십 년을 넘게 멈춰 있던 머리가 굴러가기 시작했다.

"강송태.. 강억만...? 설마!"

덕보의 짐작은 틀리지 않았다. 둘은 이종사촌지간이었다. 모든 것은 억
만의 계략이었다. 향후, 오 년은 따 놓은 당상이라 여겼던 장사 자리를
난데없이 굴러온 돌이 빼앗아 간 사실에 억만은 분을 이기지 못했다. 재
산 목록에 지레 올려 두었던 황소 다섯 마리가 눈앞에서 사라지는 꼴을
마냥 지켜 볼 수만은 없었다. 이에 평소 왕래가 잦았던 사촌 강송태를 찾

았다. 때마침 현감이 자릴 비우며 강원감영으로 보낼 죄인을 찾으라는 명을 내린 터라 고심하고 있던 강송태에게는 반가운 물음이었다. 다음 날 억만은 강송태가 일러주는 대로 몰래 금복이를 빼내와 자신의 암소와 정분을 낸 뒤 간밤에 다시 암소를 덕보네 외양간으로 들여보냈다. 그렇게 덕보를 소도둑놈으로 옭아매는 데까지가 억만의 몫이었다. 관가로 끌려 온 덕보에게 강송태는 미리 짜 놓은 계획에 맞춰 추가 여죄를 덧붙여 삼봉도로 보내기에 적합한 중죄인을 만들었다.

"앗 뜨거!"

소리와 함께 봉길이 엉덩이를 들어 올렸다. 바닥의 잡초로 옮겨 붙은 불길이 바람을 타고 죄수들의 코앞까지 들이 닥쳤다.

"퉤! 퉤!"

봉길이 불길을 향해 침을 내어 뱉었다. 당연 소용없는 짓인 걸 알지만 살고자 하는 본능이었다.

"에잇.."

망설이던 봉길이 바지춤을 풀어 내렸다. 희고 토실토실한 엉덩이가 드러났다. 손과 발이 묶인 통에 반쯤 선 엉거주춤 한 자세가 안타까움을 더했다. 세찬 오줌 줄기가 불길을 향해 쏟아졌다.

"뭐해, 다들 앉아만 있을 거야!"

봉길이 소리쳤다.

195

"억울하다며! 씨발, 그럼 어떻게든 살아야 할 거 아냐!"

미동 없는 죄수들을 향해 봉길의 진지한 절규가 이어졌다. 옆에 앉은 홍선이 천천히 일어나 바지를 내렸다. 그를 시작으로 덕보도.. 철기도... 무창의 눈치를 살피던 천복과 만복도 엉거주춤 일어나 바지를 내렸다. 부질없는 짓인 줄 알기에 그들의 얼굴 그 어디에도 기대는 없었다. 그저 자신들을 등진 세상에 대한 원망의 아우성이었다. 지켜보던 무창이 자리에서 일어섰다.

"장군...!"

옆에 자리한 종만의 시선이 무창을 향했다.

"이승에서의 마지막 추억인데 함께 해야지요."

미소 짓는 무창의 얼굴을 바라보는 종만의 눈가가 젖어왔다.

"어!?"

평탄지 끝자락을 바라보던 홍선의 눈이 커졌다. 분명 사람 손가락이었다. 끝자락을 향해 올려진 한 손에 이어 또 다른 손이 올려졌다. 곧이어 사람의 머리가 모습을 드러냈다.

"저, 저기 좀 봐요!"

놀란 홍선이 소리쳤다. 모든 이들의 시선이 홍선의 손끝을 따라갔다. 놀란 나머지 쏟아지던 오줌 줄기가 일제히 멈췄다. 뒤따라 숨소리까지 멈췄다. 잠시 후, 양손을 짚고 평탄지 위로 뛰어 오르는 누군가...

"형님!"

지켜보던 천복이 소리쳤다. 모습을 드러낸 이는 다름 아닌 경록이었다.

"늦어서 죄송합니다. 장군님!"

달려온 경록이 무창에게 예를 갖췄다.

"죄송하고 자시고 얼른 이것들이나 풀어주쇼!"

남의 사정을 살필 겨를이 없는 봉길이 다급히 소리쳤다. 품에서 길다란 쇳조각을 꺼낸 경록이 능숙한 손놀림으로 무창의 수갑이며 족쇄를 풀었다. 풀려난 무창이 경록과 함께 나머지 이들을 풀어나갔다.

"거, 좀 빨리 빨리 못해요?"

발아래까지 타들어 온 불길을 요리조리 방정맞게 피해가며 봉길이 나무라듯 다그쳤다.

"앗, 뜨거! 나 타죽고 나서 풀어줄거요? 앗 뜨거.."

봉길의 호들갑이 사방으로 울려 퍼졌다.

11. 생존

햇불을 든 경록을 따라 죄수들이 동굴 안으로 들어섰다. 열기에 달아오른 죄수들의 얼굴로 시원한 냉기가 와 닿았다.

"듣기론 은밀히 이뤄진 일인데 어찌 알고 온 것이냐?"

"장군님을 흠모하던 기생 초희의 힘을 좀 빌었죠."

넉살좋게 웃는 경록이었다.

"거, 어디까지 가는 거요?"

봉길의 물음이 던져지기 무섭게 저만치 앞에서 불빛이 보였다. 경록에
뒤이어 다다른 무창의 눈에 아낙 하나가 눈에 들어왔다. 부른 배로 보아
경록이 말한 처자임을 알 수 있었다. 다가선 경록이 번잡스런 손짓을 영
순에게 해보이자 고개를 끄덕인 영순이 자리에서 일어나 인사를 건넸
다. 짧은 목례로 답하는 무창을 향해 영순의 웅얼거림과 손짓이 이어졌
다. 벙어리였다. 그제서야 왜 경록이 그녀와 만남을 이어갔는지 알 수 있
었다. 비밀을 목숨보다 중히 여기는 월은단이기에 그 누구와의 접촉을
금했던 것인데 벙어리라면 결코 비밀이 새어 나갈 리가 없다 여겼던 것
이었다.

"흠흠, 저를 살려 보내줘서 고맙다고 전해 달랍니다."

멋쩍은 얼굴로 헛기침을 한 뒤 말을 전하는 경록이었다.

"어!?"

냄새를 맡은 것인지 눈으로 본 것인지 장작불 안에서 언뜻 보기에 숯덩
어리로 착각 할 법한 고구마를 귀신같이 알고 꺼내는 봉길이었다.

"앗, 뜨거!"

허기에 혓바닥이 데이는 줄도 모르고 껍질째 베어 물었다가 얼른 손바
닥에 내어 뱉은 봉길이었다.

"후, 후.. 퉤!"

바람을 불어 식힌 고구마를 다시금 입에 집어넣은 봉길이 잠시 오물거
리더니 까맣게 탄 껍질만을 가려 내뱉었다. 부지깽이로 고구마를 꺼낸

경록이 둘러앉은 이들에게 나눠 주었다.

"꺼억~"

봉길의 트림이 동굴 안을 울렸다.

"자, 이제 주린 배도 채웠으니 떠납시다."

엉덩이를 털고 일어선 봉길이 경록을 바라보며 떠나길 재촉했다. 다른 이들의 시선 역시 경록에게로 향했다. 한데 쉬이 말을 떼지 못하고 머뭇거리는 경록이었다. 그의 안색에 난처함이 차올랐다.

"저, 그것이..."

"괜찮으니 말해 보거라?"

무창이 부담감을 덜어주며 물었다.

"사흘 전 함께 온 사공이 간밤에 은자만 챙겨 달아났습니다. 아무래도 이 사람과 나눈 대화를 엿들은 듯합니다."

"그럼 뭐요!? 그 소린 지금 언제 지나갈지 모르는 배를 무작정 기다려야 한단 말이요!"

마치 자기가 부리는 수하를 닦달하듯 봉길이 언성을 높였다.

"바보 아뇨? 어느 미친놈이 죄인들을 살리겠다고 섬으로 다가오겠소? 득달같이 관가에 알려도 시원찮을 판에..."

뒤쪽에서 누군가의 토가 이어졌다.

"뭐, 바.. 바보!"

주먹이라도 한 대 날릴 기세로 돌아선 봉길의 눈에 들어온 장본인은 다

름 아닌 철기였다. 여전히 다가서기에 꺼려지는 험악한 인상에 어찌 못
하고 불끈 쥔 주먹을 다른 한 손으로 부여잡으며 이를 가는 봉길이었다.

"다행인지 불행인지 모르나 그럴 일도 없소이다. 근자에 관찰사가 왜
적의 침범이 빈번하여 안전을 이유로 이곳 삼봉도 주변 백 리를 항해 금
지구역으로 선포해 오가는 배조차 없소."

경록의 말에 듣고 있던 모두의 안색이 어두워졌다.

"타닥, 타닥..."

말없이 둘러앉은 모든 이들의 끓어오르는 애탄 심정을 대변하듯 장작
불이 불꽃을 튀기며 타올랐다.

"콜록~ 콜록~"

한동안 이어진 침묵을 깬 것은 겸이의 기침소리였다. 기침과 함께 토해
져 나온 피가 가리고 있던 손 안 가득 넘쳐났다. 놀라 다가선 천복이 겸
이를 일으켜 세웠다.

"겸아..."

걸치고 있던 저고리를 벗은 천복이 겸이의 손이며 입가를 닦았다. 군살
하나 없는 근육질의 몸이 그 움직임을 따라 꿈틀거렸다. 우려스런 표정
의 무창이 다가서 앉았다.

"괜찮으냐?"

"네에... 컥! 컥!"

무창의 물음에 힘겹게 입을 떼려던 겸이 다시금 기침과 함께 피를 토해냈다.

"빨리 죽기를 바라는 것이 아니라면 얼른 도로 눕히시오."

뒤쪽에서 누군가가 흘리듯 말문을 열었다. 돌아보는 무창의 눈에 반쯤 드러누운 상목이 들어왔다.

"의술에 대해 아는가?"

무창의 물음에 상목의 얼굴 가득 알 수 없는 쓸쓸한 미소가 드리웠다.

"에이, 저 놈이 무슨..."

기도 차지 않는단 표정으로 봉길이 대화에 끼어들었다.

"뭘 잘못 짚어도 한참을 잘못 짚었소, 내 하옥되어 있는 동안 흘러 듣기로 저 자식 포경선 타던 뱃놈이오, 그것도 닻 꼭대기 톱(감시소)에 올라 고래 떼나 찾던 작자요. 한데 의술이라니... 쯧쯧쯧, 혜민서 똥개가 웃겠소. 게다가 죄목이 뭔 줄 아쇼! 다른 이도 아닌 제 처를 죽인 천하에 패륜아요!"

겨 묻은 잡놈이 제 더러운 줄 모르고 똥 묻은 개보고 나무라듯 봉길이 한껏 열을 올려가며 신나게 나불댔다. 봉길의 친절한 오지랖을 들은 무창이 기대의 눈빛을 거두었다. 시선들이 상목을 향해 쏟아졌다. 애써 무시하던 상목이 엉덩이를 털며 자리에서 일어섰다.

"폐에 피가 들어찼으니 최소한 움직임을 적게 해야 할 거요."

던지는 말로 조언을 하고는 쓴 미소와 함께 동굴 밖을 나서는 상목이었다.

바위에 걸터앉은 상목의 눈에 저만치 바다 가운데 솟은 바위 한가득 자리한 강치 떼가 들어왔다.

"컹~ 컹~"

시선을 옮기는 상목의 귓속으로 강치 떼의 애끓는 울음소리가 파고들었다. 보니, 홀로 바위 끝자락에 자리 잡은 강치였다. 한참이 지나도 놈의 울음소리는 멎기는커녕 더욱 거세어져 갔다. 놈의 소리에 주변의 강치들까지 덩달아 울어 젖혔다. 바위에 철썩이던 파도소리만이 섬의 존재를 알리던 삼봉도가 강치들의 울음소리로 가득 찼다. 혼자만 그리 느끼는지 모를 일이지만 상목이 듣기에 마치 곡소리 마냥 구슬프게 들렸다. 사모하는 짝을 잃고 슬피 울던 자신의 그 울부짖음처럼...

"미안해, 정말 미안해.. 흑흑흑..."

새하얀 명주천이 덮여진 시신 앞에 꿇어앉은 상목이 목 놓아 울었다. 벌써 열흘을 넘겨 이어진 회한의 곡소리였다. 천 밖으로 삐져나온 막 영근 듯 잔주름 하나 없는 새하얀 손등이며 연분홍 물들여진 손톱이 죽은 이의 자태며 나이를 짐작케 해주었다.

"경란아, 절대 날 용서하지 마."

하루 이틀의 통곡이 아닌 듯 그의 하관은 움푹 패인 듯 들어가 앉아 있

었다. 일생에 단 하나의 여인이라 여겼기에 그 슬픔은 자신의 생명이 사
라지는 것보다 더욱 슬프고 가슴 아팠다.

상목은 부친과 함께 한의원을 운영하던 의원이었다. 의술이 뛰어났던
부친은 한때 뜻을 두고 내의원으로 들어갔으나 권력의 소용돌이가 생과
사의 갈림까지 결정짓는 참담한 현실을 보고 미련 없이 짐을 쌌다. 귀향
한 부친은 한의원을 열었다. 내의원 부봉사(副奉事:정9품 관직) 출신의 의
원이 개원했다는 소식에 관내의 세도가며 돈푼 꽤나 만진다는 상인 아
치들까지 한의원으로 몰려들었다. 허나, 평소 사람의 생명 앞에 지위고
하나 신분의 차등이 없다 여기는 부친이었기에 병의 위중을 우선으로
진료를 보았다. 어의라는 장대한 꿈을 꾸고 있던 상목은 그런 부친이 늘
불만이었다. 남들은 어떻게든 줄을 대어 출세하려는 마당에 내미는 손
을 뿌리치는 부친이 이해되지 않았다. 무엇보다 적자에 시달리는 한의
원의 재정에는 관심조차 없는 것이 더욱 못마땅하였다.

그러던 어느 날, 동무인 재필이 솔깃한 제안을 해왔다. 감히 병세가 밖
으로 새어 나갈까 의원을 찾지 못하는 양반 댁의 왕진을 제안한 것이었
다. 밖으로 새어 나가길 꺼려하는 병세라 하면 대다수가 조루나 임질 같
은 아랫도리에 관한 것 일진데 행여, 사실을 부친이 알게 된다면 노발대
발 할 것이 불을 보듯 뻔한 일이었다. 타산(打算)을 따지며 망설이던 상

목의 마음속에 약은 잔꾀가 돋아났다. 자신의 신분을 감추고 왕진을 나서다면 서로에게 득이 될 일이었다. 게다가 후에 자신이 관직에 나아갈 때 부탁을 청한다면 감히 거절하기 힘들 것이란 점이 상목의 갈등을 일시에 잠재웠다. 제안을 수락하자 줄지어 기다렸다는 듯이 의뢰가 쏟아져 들어왔다. 몸이 바빠지는 만큼 재물 또한 쌓여져 갔다. 석 달이 채 되기도 전에 그간 꾸려온 한의원 총수입과 맞먹는 돈을 모았다. 그 사이 신분을 가리기 위해 얼굴에 쓴 탈을 빗대어 '탈 의원'이란 별칭까지 붙여졌다.

경란을 처음 본 것은 비밀왕진을 시작한지 반년이 다 되어가던 늦가을 무렵이었다. 재필의 전갈을 받고 나루터로 나간 상목 앞에 여종 하나가 다가와 아는 체를 했다. 그제야 부른 이의 종임을 깨닫고 허겁지겁 탈을 뒤집어썼다. 돌아서는 여종의 피식거리는 소리가 들려왔다. 나룻배에 오른 상목의 눈에 강 건너로 허름한 움막이 눈에 들어왔다. 평소 시력이 유난히 탁월했던 상목이기에 그 모양새까지 상세히 알아보았다. 사방이 어두운 가운데 움막에서 새어 나오는 불빛을 등대 삼아 배는 거리를 좁혀갔다. 땅에 발을 내리 딛자 사공이 배를 밀어 멀어져 갔다. 놀라 돌아보는 사이 옆에 선 여종이 눈치 빨리 안도의 말을 전해왔다.

"걱정 마십시오, 시각이 되면 모시러 올 것입니다."

못내 개운치 않은 맘을 안고 이미 앞서 간 여종을 따라 움막 쪽으로 걸음을 옮겼다.

"마님, 모시고 왔습니다."

"안으로 모시거라"

탄지경(彈指頃:손가락을 튕길 정도의 짧은 시간)의 틈이 지나 안으로부터 나직한 답이 들려왔다. 사방의 어둑한 분위기 탓인지 그 아니면 옅은 두려움 때문인지 '꿀꺽' 침이 넘어갔다. 긴장된 맘을 부여잡고 움막 안으로 들어서자 가리워진 옅은 무명 장막 사이로 다소곳이 앉은 여인의 형체가 어렴풋이 보여졌다. 그간 수십 차례 경험해온 눈썰미로 미루어 볼 때 다소곳이 앉은 자세며 코끝으로 전해져 오는 풋풋한 애기 살냄새가 방년(芳年:20살 전후의 여자)을 넘기지 않았음을 짐작케 했다.

"잠시 물러나 있거라."

"하지만, 마님..."

"멀리 가지 말고 입구에 지키고 서 있거라."

"예."

물러나는 여종의 힐끔거리는 시선이 등지고 앉아 있음에도 느껴졌다.

"부르신 연유가 무엇입니까?"

한시바삐 가시방석 같은 불편한 자리를 벗어나고 팠던 상목이 입을 뗐다.

"수태기가 있는가 보아주시게."

허름한 장막 안에서 손이 뻗어져 나왔다. 연분홍 봉숭아물이든 손톱이 인상적이었다. 맥을 짚기 위해 실패를 꺼내 드는 상목에게 여인의 음성이 이어졌다.

"직접 손으로 짚는 것이 더욱 정확하다 들었는데...?"

"그렇긴 하지만 어찌 아녀자의..."

"직접 짚어주게."

절실함이 느껴졌다. 모든 여인들이 수태를 바라는 것은 당연하나 이 여인은 그간 느껴온 이들과는 상대가 되지 않을 만큼 확연히 크디큰 바람이었다. 여인의 손이 떨리고 있었다. 다가서는 상목의 손 또한 그녀만큼이나 떨리었다.

"어떤가?"

손을 떼기 무섭게 여인이 물어왔다. 기대를 알기에 쉬이 입을 뗄 수가 없었다. 낯빛으로 답을 읽은 여인의 긴 한숨이 장막을 뚫고 상목에게까지 전해져 왔다.

"하나만 물어봄세."

펼쳐 놓았던 도구들을 챙기던 상목이 시선을 옮겼다.

"셋이나 되는 여자가 하나같이 아이를 가지지 못했다면, 그 상대된 남자에게 문제가 있을 가능성도 있지 않은가?"

"!!!"

물음에 놀란 상목이 들고 있던 도구를 떨어뜨렸다. 감히 왕후도 내어 뱉지 못할 금기된 말을 내뱉는 이 여자는 누구일까? 문득 여인의 대담함에 정체가 궁금해 졌다.

"부탁이니 솔직히 말해주게."

"그, 그건..."

시선을 내리깔고 머뭇거리던 상목의 눈이 번쩍 뜨였다. 장막을 걷히며 여인이 얼굴을 드러냈다. 떨구어야 할 고개가 어인 일인지 그대로 멈추어져 꿈쩍을 하지 않았다. 가슴이 요동쳐 살갗을 뚫고 나올 것만 같았다. 무명 장막과 견주어도 구분이 가지 않을 희디흰 안색에 수를 놓은 듯 짙고 검은 눈썹이며 깊게 패인 인중 아래로 이어진 붉은 입술이 상목의 맘과 머릿속을 뒤흔들어 놓았다.

"아니라 말 할 수는 없지요."

넋을 뺏긴 사람마냥 자신이 뜻하는 바와 전혀 다르게 머리가 지시하고 입이 진실을 내뱉었다. 낙심한 여인이 잡고 있던 장막에서 손을 놓았다. 가려진 장막이 원망스러웠다.

집으로 돌아온 상목은 잠을 이룰 수가 없었다. 그녀의 이마에 영근 작은 면포(面皰:여드름)까지 기억이 더듬어졌다. 뒤척이다 결국 날을 새웠다. 고심 끝에 재필의 집을 찾았다.

"식전부터 무슨 일이야? 얼굴은 왜 또 이리 초췌하구..."

소금으로 양치를 하고 있던 재필이 상목의 퀭한 눈을 살피며 걱정스레 물어왔다.

"저, 간밤에 만난 부인 말이야..."

"왜? 혹시 무슨 변이라도 생겼어?"

평소답지 않게 머뭇거리는 상목의 어투에 뭔 일이라도 난줄 지레짐작한 재필이 입에 고인 소금물을 본의 아니게 삼키기 무섭게 인상을 찡그리며 언성을 높여 물었다.

"그런 건 아니구..."

"그래, 그럼 뭐야? 자네 설마... 장대감 소실한테 혹하기라도 한 거야? 하긴, 나도 우연히 한 번 스쳐본 것만으로도 밤새 아랫도리가 벌떡 서서 혼났지. 큭큭큭.."

여직 그 잔상이 남은 듯 아랫도리를 움켜쥐었다 놓는 재필이었다.

"하지만, 감히 장대감의 소실인데 언감생심 흑심이 말이 되나. 그저 목만 축이다 말았지."

"장대감이라면 혹 장석영을 말하는 건가?"

"그래."

장.석.영 이름 세 글자를 떠올리는 것만으로도 다리가 후들거렸다. 그가 누구이던가! 나는 새도 떨어뜨린다던 병조 판서를 지낸 이가 아니던가. 이미 관직에서 물러났음에도 불구하고 그 기개와 불같은 성격에 군수도 그 앞에서는 고양이 앞에 쥐새끼마냥 꼬리를 말아 감추었다. 그런 그가 여인의 남편이라는 사실에 상목은 정신이 번쩍 들었다.

"그나저나 진짜 용건이 뭐야? 뜸들이지 말고 어서 말해 봐."

물로 입을 헹구어 뱉으며 재필이 물어왔다. 본론은 말도 않고, 빙빙 돌리는 상목에 대한 약간의 짜증이 묻어났다.

"아니, 아무것도 아니야."

"뭐야, 싱겁게 시리..."

투덜거리는 재필의 소리를 애써 못들은 척하며 돌아서는 상목이었다. 머릿속에서 그녀를 지우려 돌아오는 내내 고개를 저어 흔들었다.

"이걸로 주게."

"!!!"

시전을 지나치던 찰라 들려오는 목소리에 걸음을 멈추었다. 모습은 지워도 귓가는 아직 그녀를 기억하고 있었다. 분명 그녀의 목소리였다. 여종과 함께인 그녀가 면경(面鏡:손거울) 하나를 집어 들며 값을 치르고 있었다. 그녀의 자태에 면경을 한지에 싸서 건네는 상인 놈의 입 꼬리가 절로 올라갔다.

"어, 탈...!"

지나쳐가던 여종이 상목을 알아보고 자신도 모르게 아는 체를 했다. 소리에 그녀가 상목을 바라봤다. 애써 잠재웠던 요동이 되살아났다. 떨리는 심박이 그녀에게 전해 들려질까 숨마저 멈추어 세웠다. 하지만 시선만은 올곧이 그녀를 향했다. 마지막이 될지도 모를 그녀를 머리와 가슴에 새기고 싶어서였다. 한참을 넋을 놓고 선 상목을 향해 그녀가 짧은 목례를 건네고는 멈추었던 걸음을 옮겼다.

"저기…"

애끓는 마음이 스치듯 지나치려는 여인에게 상목의 입을 열게 했다.

"기회가 된다면 보다 정확한 방법으로 진찰을 해드리고 싶은데…"

잠시 상목의 눈빛을 살피던 그녀는 답 없이 돌아서 갔다. 쏟아지는 무안함에 얼굴이 화끈거렸다.

저녁이 되어 재필이 기방으로 자신을 불러내었다. 답답하던 차에 마주한 주안상에 평소 술을 즐기지 않던 상목이었으나 자리에 앉자마자 연거푸 다섯 잔을 들이켰다. 생소한 상목의 모습에 마주앉은 재필이 적잖이 놀라며 술잔을 빼앗았다.

"자네답지 않게 왜 그래?"

"흥, 그나마 나다워지려고 이러는 거야."

괴로움에 병째 술을 들이 붓는 상목이었다. 상목의 구슬픈 상사(相思)를 알 리 없는 재필은 그저 고개만 내저을 뿐이었다. 취기에 상에 얼굴을 들이박고 쓰러져 있던 얼마 후, 상목이 코끝을 자극하는 향내에 천천히 눈을 떴다.

"으으.. !!!"

기지개를 켜며 목을 휘저어 돌리던 상목의 움직임이 일순간 멈추었다. 재필이 자리하고 있던 맞은편으로 그녀가 앉아 있었다. 언제나처럼 흐트러짐 없는 다소곳한 자세를 한 채.

"그래 보다 정확한 방법이란 게 무엇인가?"

풀어헤친 갓끈을 조여 매는 상목을 향해 그녀가 물어왔다. 갑작스런 등장에 미처 정신도 차리지 못한 상황에서 이어진 그녀의 물음에 상목은 머릿속이 아득해졌다. 그도 그럴 것이 당시엔 어떻게든 다시금 자리를 하고픈 마음에 무턱대고 내뱉은 말이었기에 난처하기 그지없었다.

"그러니까 그게..."

못내 입을 떼긴 했지만 무슨 말을 해야 할지 당황한 상목은 마른침을 쉴 새 없이 집어 삼켰다. 차라리 방도가 없다면 사죄라도 하겠지만 그도 아닌지라 더욱 그의 마음이 복잡해졌다. 그 방도라는 것이 감히 입에 오르내릴 수도 없거니와 행여 사실을 말한다 한들 결코 실행에 옮길 수 없는 비현실적인 것이었기 때문이었다.

"말해보게, 대체 그 방법이 무엇인지."

재촉하는 그녀의 시선을 회피하던 상목이 한쪽에 놓인 잔에 술을 따라 들이켰다. 자리를 벗어나기 위해선 결국에는 답변을 해야 했다. 차마 맨 정신으로 말을 전할 용기가 나지 않았기에 술기운을 빌리기로 마음먹었다. 취기가 감돌자 상목이 두 눈을 질끈 감고 쏟아내듯 말문을 열었다.

"다른 사내를 품는 것입니다."

그녀의 눈동자가 세차게 흔들렸다. 짐작한 상황이기에 상목에게서는 전혀 동요가 느껴지지 않았다. 한시바삐 자리를 벗어나고픈 마음에 지체 없는 상목의 답변이 이어졌다.

"만약, 다른 사내를 품어 수태를 한다면 이는 그 누가 봐도 마님에게 문제가 없다는 걸 증명하는 것입니다."

말이 끝나고도 한참이 지날 동안 그녀는 말이 없었다. 더 이상 자리하고 있기가 힘들었던 상목이 자리에서 일어섰다.

"그럼, 전 이만 물러가겠습니다."

허겁지겁 엉덩이를 들고 일어선 상목이 돌아서 문고리를 잡았다.

"자네가 해주게."

"!!!"

상목의 모든 것이 멈추었다. 내쉬던 숨도 흔들리던 눈동자도 문고리를 잡고 있던 손조차도… 그렇게 상목은 한참을 우두커니 서 있었다.

그토록 품고 싶어 했던 그녀가 스스로 자신을 원하는 상황에 상목은 멍청이가 된 마냥 머릿속이 새하얘졌다. 자칫하면 목숨을 잃을 수도 있는 엄청난 상황 앞에 그 누가 망설이지 않겠는가. 이틀을 내리 방 안에서 꼼짝 않던 상목이 문을 열고 나왔다. 툇마루에 앉아 내리쬐는 햇살에 몸을 내어 놓고 있노라니 마당 가운데 핀 봉숭아꽃이 눈에 들어왔다. 그녀의 손톱에 물든 연분홍 봉숭아가 떠올랐다. 절개를 뜻하는 꽃말처럼 그녀는 감히 근접할 수 없는 귀한 존재였다. 그런 고귀함이 상목을 더욱 자극했다.

"그래, 이건 운명이야!"

망설이던 자신을 스스로 다독인 상목은 맘을 정했다.

그녀를 처음 만난 그 움막 앞에 멈춰 선 상목은 떨리는 맘을 진정시키고 안으로 들어섰다. 멍석 위로 깔린 두터운 솜이불 가운데로 그녀가 앉아 있었다. 틈으로 새어 들어오는 바람에 흔들리는 호롱불이 두 사람의 떨리는 심정을 대변해 주었다. 망설이거나 머뭇거리는 것이 더욱 서로에게 불편함을 안길 것이기에 상목은 주저함 없이 그녀를 품었다. 그간 품어온 기생들과는 비교조차 할 수 없는 떨림이 일었다. 움막을 나온 상목의 기분은 구름 위를 거닐듯 몽롱했다. 배에 올라 강을 건너오는 내내 떨림은 이어졌다. 눈만 감으면 그녀가 떠올랐다. 연정과 본능이 맞물린 사내의 열정 앞에 그 무엇도 거칠 것이 없었다. 전 병조판서의 장대한 호기 또한 예외는 아니었다. 장 대감 집을 나오는 여종을 붙잡아 만날 약조를 전하는 서신을 건넸다. 움막 안에서 기다리는 상목의 입술이 가뭄 인 논바닥처럼 빠짝 타들어갔다. 한 시진이 지나도 그녀는 모습을 드러내지 않았다. 그냥 돌아설까도 생각했지만 왠지 그녀가 올 것만 같았다. 그렇게 알 수 없는 확신으로 자리를 떠나지 않고 있던 상목의 눈앞에 두 식경이 지날 쯤 움막 안으로 들어서는 그녀의 모습이 보였다. 다급히 뛰어온 듯 연신 내어 뱉는 그녀의 거친 숨소리가 상목의 마음을 더욱 흥분시켰다. 이래저래 연유를 물어볼 새도 없이 몸이 먼저 그녀에게로 향했다. 한창 넘실댈 젊은 여인의 욕정을 예순이 넘은 늙은이가 채울 수 있을 리 만무하였기에 상목에게 안긴 그녀의 몸이 만개하듯 끓어 넘쳤다.

"그러고 보니 이름도 몰랐네."

나란히 누운 그녀를 향해 상목이 물었다.

"경란, 홍경란..."

몸이 통하고 나니 마음이 전해지는 건 금방이었다.

그날 이후 만남은 매일 밤 이어졌다.

이름을 알고, 지나온 과거사를 나누는 사이 서로를 사모하는 마음 또한 점점 깊어져 갔다. 서로의 존재를 떠나서는 하루도 살 수 없을 정도로 둘 사이의 애정은 깊숙이 뿌리를 박고 자라났다. 으레 사랑에 빠진 남녀의 눈과 귀는 둔해질 수밖에 없는 법, 그들이 느끼지 못하는 사이 서서히 위기가 두 사람을 향해 드리우고 있었다. 살을 맞대고 살아온 세월의 직감이 장 대감의 신경을 건드렸다. 예전과 다른 경란의 침소 몸짓을 예사롭지 않게 여긴 장 대감은 종놈을 불러 몰래 경란의 일거수일투족을 감시케 했다. 사실을 모른 채 여느 때와 다름없이 움막 안에서 함께 하고 있던 두 사람의 귓전으로 비명소리가 들려왔다. 놀라 밖으로 나선 상목의 눈에 머리가 깨어져 바닥에 피를 흘리고 쓰러져 있는 낯선 사내의 모습이 들어왔다.

"너, 미쳤어!"

움켜쥐었던 돌을 바닥에 내던지며 재필이 외쳤다. 뒤이어 나온 경란이 종놈의 주검을 보고 놀라 입을 틀어막았다. 여종에게 두 사람의 관계를 전해 들은 재필이 움막을 찾았다 때마침 기웃거리던 종놈을 발견하고 돌로 찍어 죽인 것이었다. 종놈이 사라졌으니 장 대감의 의심은 더욱 커질 것이고 사실을 아는 것 또한 시간문제였다. 한시가 급했다. 집으로 돌아온 상목은 몰래 숨겨 둔 재물들을 챙겨 나루터에 기다리고 있던 경란과 함께 마을을 떠났다. 남겨진 가족이 우려스럽긴 했지만 장 대감 스스로 소실이 외간 남자와 바람이 나 달아났단 사실을 드러낼 수는 없을 것이기에 가족에게 크게 해를 주진 못하리란 사실이 그나마 안도를 주었다. 날이 밝자 여종을 추궁한 장 대감은 수하들을 시켜 두 연놈들을 잡아 죽이라는 명을 내렸다. 행적을 밟아 턱밑까지 쫓아온 수하들을 피해 도망 다니던 도중 엎친데 덮친격으로 가지고 있는 재물마저 몽땅 산적들에게 빼앗기고 말았다. 무일푼으로 쫓기어 떠돌기를 삼 년, 어느덧 두 사람은 거친 뱃사람들이 즐비한 장생포(長生浦)까지 숨어들었다. 다행히 장 대감의 수하들이 자신들의 행적을 놓친 듯 그곳까지는 쫓아오지 않았다. 하지만, 실상은 그것이 아니었다. 그 사이 장 대감이 세상을 떠났고 이에 수하들이 추적을 멈추었던 것이었다. 사실을 알 리 없었던 두 사람은 여전히 불안감을 감추지 못했다. 고심 끝에 왜국으로 달아날 계획을 세웠다. 그러기 위해선 무엇보다 돈이 필요했다. 장 대감의 추적이 우려되었기에 의술로써 돈을 벌수는 없었다. 결국, 만류하는 경란을 설득해 큰돈을 만질 수 있는 포경선을 타기로 맘먹었다. 한 번 출항하면 적어도 보름은 지나야 돌아올 수 있는 길이기에 떠나는 상목도 배웅하는 경란도 맘이 무겁기는 마찬가지였다.

"부디 몸조심해서 다녀오세요."

울먹이는 경란의 눈물을 닦아주고 돌아서는 상목의 눈가에도 눈물이 흘렀다.

처음 타보는 포경선에서 그가 할 수 있는 일은 단순히 힘을 쓰는 잡역이 전부였다. 그나마 위안이 되는 건 고단한 뱃 생활이 경란에 대한 그리움을 덜어준다는 것이었다. 반복된 일상에 흘러가는 시간도 무뎌질 때쯤의 어느 날, 닻줄을 잡아당기고 있던 상목의 눈에 저 멀리 고래의 등지느러미가 눈에 들어왔다.

"고래다!"

소리에 난간으로 몰려든 선원들이 상목이 가리키는 방향을 뚫어져라 바라봤다. 허나, 그들의 눈에 고래는커녕 뛰어 오르는 날치 한 마리조차 보이지 않았다.

"뭐꼬, 고래가 어디 있다는 거고!"

선원 중 하나가 투덜거렸다.

"태촌이 뭐 보이나?"

혹시나 하는 마음에 선장이 닻 위 톱에 올라가 있던 태촌을 향해 물었다.

"아니요."

자리에서 일어난 태촌이 잠깐 전방을 주시하더니 답해왔다.

"뭐야, 괜히 사람 마음만 들뜨게... 헛소리할 시간에 바닥이나 닦아!"

선장이 역정을 내고는 돌아섰다. 상목을 째려보고는 다른 선원들도 자리를 찾아 발길을 돌렸다. 그렇게 다들 제자리로 돌아갈 무렵, 톱에서 태촌의 외침이 들려왔다.

"잠깐만요... 고래예요! 고래!"

그날 이후 상목의 출중한 시력을 알아본 선장은 태촌 대신 상목을 톱에 올려 보냈다. 상목 덕택에 예상보다 이른 만선으로 배는 보름이 되기 전에 뱃머리를 장생포로 돌렸다. 한데, 뜻하지 않은 풍랑이 상목의 발목을 잡았다. 잡아먹을 듯 일렁이는 파고에 닻이 찢어지고 끌고 오던 고래마저도 잃었다. 결국, 백기를 든 선장은 풍랑을 피하기 위해 울릉도로 배를 돌렸다. 사흘이 지나서야 파고는 숨을 죽였다. 닻을 고친 선장은 빈손으로 돌아갈 수 없다며 다시 바다를 향해 배를 몰았다. 그렇게 적어도 보름 안에는 돌아 갈 수 있으리라 여겼던 원양 길은 달포하고도 열흘이 더 지나서야 끝을 맺을 수 있었다.

"여보!"

마당 안으로 들어선 상목이 그리움에 가득 찬 목소리로 소리쳤다. 이상하게 기척이 없었다.

"집에 없나?"

버선발로 달려 나와야 할 경란의 모습이 보이지 않자 의아한 눈길로 방문을 열고 들어서는 상목이었다.

"여보?!"

마당으로 들어서며 외치던 환희 소리와는 상반된 소리가 방 안을 울렸다. 경란이 누워 있었다. 창백한 안색이 한눈에 봐도 무언가 큰 병을 앓고 있는 게 분명했다.

"어떻게 된 거야?"

"왔.. 어요."

한 마디 한 마디 사력을 다해 내어 뱉는 경란을 바라보던 상목이 팔을 걷어 맥을 짚었다. 상목의 표정이 굳었다. 이미 병세가 심각했다. 경란을 끌어안고 있는 상목의 코끝으로 역한 냄새가 올라왔다. 속곳을 내려들추자 하혈이 낭자했다. 이미 오래된 듯 그 색이 검디검었다. 자궁육종(子宮肉腫:자궁암)이었다. 이미 손을 쓸 수 없을 지경에 이르러 있었다. 그제야 깨달았다. 수태를 할 수 없는 연유가 경란에게 있었음을... 이대로 그녀를 보낼 순 없었다. 어찌 이어진 인연인데... 한 가닥 지푸라기라도 잡는 심정으로 자신이 아는 모든 지식을 동원해 경란을 치료했다. 허나, 미련을 버리지 못한 상목의 지극정성은 고통 속 경란을 더욱 힘들게 했다. 결국 더 이상 견디다 못한 경란이 약물을 떠먹이던 상목의 손을 부여잡았다.

"그냥 보내줘요..."

그녀의 눈이 울었다.

"말도 안 되는 소리! 어떻게든 낫게 할 거야. 그러니까 두 번 다시 그런 말 꺼내지마, 아니 아예 생각에서 지워!"

화를 내며 더욱 거칠게 경란에게 약을 먹이는 상목이었다. 약을 삼키지 못하고 토해내는 경란에게 다시금 약을 먹이는 상목의 손이 떨려왔다. 스스로에게 화가 났다. 경란을 고치지 못하는 자신의 한계에 분노가 치밀었다. 날이 갈수록 경란의 상태는 더욱 악화되어 갔다.

내어 뱉는 기침에 묻어 나오는 핏물 또한 더욱 많아졌다.

"콜록, 콜록.."

불 꺼진 방 안에 경란의 기침소리가 울려 퍼졌다. 한켠에 쭈그리고 누운 상목의 눈가에 눈물이 맺혔다. 그날 새벽녘에 손수 그녀를 떠나보냈다. 날을 헤아려보니 그녀와 만난 지 천 일이 되는 날이었다. 열흘이 지나 그녀를 묻고 제 발로 관아를 찾아 자수했다. 손쉽게 스스로의 목숨을 끊기엔 고통 속에서 먼저 간 경란에게 미안한 생각이 들어 부러 힘겨운 죽음을 선택한 것이었다.

"당신 짓이지? 그러지마... 어차피 당신 없는 이곳은 저승이나 마찬가지인데 하루라도 빨리 갈수 있게 해줘."

하늘을 향해 상목이 읊조렸다. 저 만치 하늘 끝에서 시커먼 먹구름이 섬을 향해 몰려오고 있었다. 고개를 내리는 사이 누군가가 옆으로 다가와 앉았다. 종만이었다.

"그리 쉽게 의지를 버리지 말게."

속마음을 훤히 꿰뚫고 있는 듯 나직하지만 강한 어조로 종만이 말했다. 동병상련이라 했던가. 하늘을 올려다보는 종만의 눈빛 또한 상목만큼이나 서글퍼 보였다. 치켜뜬 눈 위 이마의 깊은 주름이 고단했던 지난 삶을 대변해주었다.

그는 압록강 일대에서 야인(野人)들을 소탕하던 장수였다. 잠든 시간 외에는 손에서 칼을 놓는 일이 없었다. 전장에서 생을 마감하는 것이 장수의 당연한 도리라 여겼다. 가장된 자가 그리 외골수이니 핏줄로 태어난 자식 역시 아비만큼이나 충정심이 넘쳤다. 늘상 아비 곁을 따르며 함께 했다. 부자의 용맹은 적들에게도 소문이 자자해 이가(李家)부자가 선봉에 섰다는 소리만 들어도 적들의 들고 있던 창과 칼은 두려움에 떨렸다.

"이번에 돌아오면 미루었던 혼인을 올리도록 하거라."

말에 오른 종만이 출정을 위해 나란히 마주 선 아들을 향해 말했다. 아들도 아들이지만 그간 혼례도 올리지 않고 함께 살고 있는 며느리 보기가 미안했던 종만이 간밤에 처와 상의해 내린 결정이었다.

"네, 아버님."

평소 아비 말이라면 죽음도 불사할 아들이었기에 여느 때처럼 씩씩한

222

답이 돌아왔다. 하지만, 안타깝게도 그 약속은 지켜지지 못했다. 적들의 함정에 빠져 오백이나 되는 군사를 잃고 가까스로 자신과 부상당한 아들을 포함해 일곱만이 살아남았다. 이에 적의 수장은 이가부자의 목에 엄청난 상금을 내걸었다. 호랑이와 마주서도 물러섬이 없다는 거대한 덩치의 장오(藏獒:티베탄 마스티프, 일명 사자 개)를 앞세운 야인들의 추격이 이어졌다. 도주하는 종만에게 상처 입은 아들은 커다란 짐이었다. 무엇보다 흘러나오는 피가 흔적을 남기고 있었기에 더더욱 난처한 상황이었다.

"컹! 컹! 컹!"

산속을 울리는 장오의 장대한 짖음이 종만 일행에게까지 전해 들려왔다. 종만의 부축을 받으며 나아가던 아들이 돌연 걸음을 멈추어 섰다.

"뭐하는 게냐?"

"그만 놓아주십시오, 아버님."

아들의 눈을 읽은 종만은 주저앉은 아들을 일으켜 세웠다.

"쓸데없는 소리 말고 일어 나거라."

"죄송합니다."

처음이었다. 지금껏 단 한 번도 명을 거역한 적 없던 아들의 거부에 종만의 눈초리가 파르르 떨리었다.

"더 이상 짐이 될 수는 없습니다."

앞장 서 지켜보던 부하들이 고개를 떨구었다. 아들이 자신의 칼을 종만의 손에 쥐여 주었다.

"장군님의 아들로 나고 자라며 함께 한 순간순간이 기쁨이자 영광이
었습니다. 너무나 고맙고 감사합니다. 아버님..."

"킹, 킹!"

또다시 장오의 짖는 소리가 들려왔다. 근처까지 다가온 듯 소리가 더욱
크고 또렷했다. 칼을 잡은 종만의 손에 힘이 들어갔다. 회한 없는 아들의
미소가 가슴을 찢었다. 하늘로 치켜든 칼이 햇살을 받아 번쩍이는가 싶
더니 이내 아들의 가슴으로 향했다. 돌아서 질끈 감는 종만의 두 눈 위로
눈물이 솟아났다.

그렇게 아들의 희생으로 종만은 무사히 돌아왔다. 상황을 전해 들은 선
조가 종만을 직접 궁으로 불렀다. 나란히 독대한 자리에서 선조가 제안
을 해왔다. 아들의 충심과 용맹을 치하해 종삼품 대호군(大護軍)에 추증
하는 대신 월은단의 일원이 되어 달라는 것이었다. 물론, 그 내부에는 종
만과 함께 하고자 했던 무창의 부탁이 있었다. 제 손으로 아들을 떠나보
내고 평생의 미안함을 품고 살아야 하는 종만으로서는 선조의 제안이
도리어 고마웠다. 망설임 없이 아들을 위해 제안을 받아들였다.

"겸아!"

먹구름이 몰고 온 소낙비를 피해 동굴 안으로 들어서는 종만과 상목의

귓가에 다급한 외침이 들려왔다. 걸음을 바삐 옮겨 무리가 있는 곳으로 다가서자 겸이 금방이라도 숨이 넘어갈 듯 짧고 거친 호흡을 내쉬고 있었다.

"어찌된 것인가?"

겸을 끌어안고 있던 만복을 향해 종만이 물었다.

"뭣 좀 먹이면 나을까 싶어 고구마를 물에 개어 먹였는데..."

곁에서 듣고 있던 상목이 냅다 만복을 밀치며 다가섰다.

"제 정신이오, 호흡조차 힘겨운 사람에게 음식이라니!"

겸의 맥을 짚던 상목이 후다닥 밖으로 뛰쳐나갔다. 잠시 후, 안으로 들어서는 상목의 손에 대나무가 들려 있었다.

"물을 좀 데워주시오."

한쪽 벽에 세워진 칼을 빼어 든 상목이 경록에게 일렀다.

"내 말 안 들려요!"

갑작스런 지시에 머뭇거리는 경록을 향해 상목이 소리쳤다.

"물이 어딨나?"

장작 위에 올려진 작은 솥단지를 집어 든 무창이 물었다.

"안쪽에 작은 샘이 있습니다."

무창의 손에서 솥단지를 빼앗아든 경록이 앞장서 나아갔다. 동굴 끝 막다른 곳에 다다르자 작은 샘이 모습을 드러냈다. 동굴 천정으로부터 흘러내린 물줄기가 웅덩이를 향해 모여들고 있었다. 땅으로 스며든 빗물이 흘러드는 것이었다.

"죄송합니다."

물을 떠올린 경록이 차마 눈을 마주치지 못하고 미안함을 전했다.

"그럼 죄송해야지, 떠나기 잘살라 했거늘 듣지 않고 돌아온 죄는 당연 송구스러워야지."

겸연쩍은 듯 경록이 머리를 긁적였다.

"어찌 할 생각이십니까?"

걸음을 옮기며 경록이 조심히 내어 물었다.

"글쎄, 죽을 목숨을 살려 놓은 데는 필시 그 연유가 있을 터이니 하늘의 답을 기다려 봐야지..."

사실, 무창도 난처하기 이를 때 없었다. 이렇게 멀쩡히 살아 있는 것도 난처하고 돌아갈 배가 없단 것도 난처했으며 무엇보다 자신의 죽음을 슬퍼하고 있을 선조에게 생존을 전할 길이 없단 사실이 너무도 난처했다. 그저 말없는 하늘을 핑계 삼아 둘러대는 것 말고는 딱히 답할 수 있는 것이 없었다.

물을 길어 무리가 있는 곳에 다다르자 구경거리라도 난 듯 모든 이들이 겸을 둘러싸고 있었다. 무창의 기척에 종만이 몸을 돌렸다. 가려져 있던 틈으로 겸의 상반신 가운데로 칼을 드리우는 상목의 모습이 들어왔다.

"다들 보고만 있을 꺼요? 저러다 죽기라도 하면 어떡할려고!"

봉길이 손짓 발짓을 해가며 길길이 날뛰었다.

"이 보시오, 우두머리, 빨리 말리쇼! 저 뱃놈이 무슨 꿍꿍이로 저러는지 모르지만 지 처도 손수 죽인 마당에 사람 목숨을 귀하게 여길 리 만무하잖소. 오호라 그래, 지 놈 살자고 저 아까운 목숨 끊어 먹을거리로 쓸려고 저러는 게야! 야, 이놈아 당장 멈추지 못할까, 부처님 말씀에 개미 새끼 한 마리도 소중히 여기라 했거늘 이 무슨 극악무도한 짓이냐! 부처님을 대신해 이 금강선사가 친히 벌하기 전에 당장 멈춰라!"

남들이 보면 마치 자신의 가족이라도 되는 양 너무도 적극적인 봉길의 호들갑이지만 결코 승려로서의 생명 존중이나 불자의 깊은 뜻은 느껴지지 않았다.

"내 말 안 들려, 헉!"

상목을 향해 다가서는 봉길의 어깨를 강하게 누르는 무창이었다. 돌아보는 봉길을 향해 무창이 고개를 내저었다. 무창의 기개에 뒤로 물러나는 봉길이었다. 그 사이 상목이 불에 달구어진 단도를 겸의 가슴 한가운데로 찔러 넣고 있었다. 찢어진 피부에서 핏물이 새어 나왔다.

"헉헉헉.."

겸의 호흡이 더욱 거칠어져 왔다.

"저, 저.."

오만상을 찌푸리며 입을 떼던 봉길이 무창의 눈치를 살피고는 얼른 입을 닫았다. 한쪽에 다듬어 놓은 대나무를 집어 든 상목이 갈라진 피부 틈으로 쑤셔 넣었다.

"어머나!"

지켜보던 소옥이 얼굴을 가리며 돌아섰다. 대나무를 입에 문 상목이 깊게 숨을 들이 쉬어 빨았다. 대나무에서 입을 떼자 잠시 후 검붉은 핏물들이 샘솟았다. 다들 넋이 나간 채 상목의 행동 하나하나에서 눈을 떼지 못했다.

"괜찮겠나?"

죽은 듯 편안해진 얼굴의 겸을 물끄러미 바라보던 무창이 상목에게 물었다.

"일단 할 도리는 다했으니 나머지는 저 친구 몫입니다. 의지가 있으면 살겠지요."

손에 묻은 피를 닦던 상목이 퉁명스런 답변을 내어 뱉었다.

"고맙네."

인사를 건네는 무창을 향해 짧은 고갯짓으로 답한 상목이 불길 앞으로 다가가 앉았다.

"이것들 좀 드이소."

차마 수술 광경을 지켜볼 수 없어 밖으로 뛰쳐나갔던 소옥이 치마 앞자락을 부여잡고 동굴 안으로 들어왔다. 물에 젖어 달라붙은 옷이 그녀의 몸 곡선을 구분지어 드러내어 보였다. 잡고 있던 치마 자락을 놓자 바닥으로 전복이며 해삼이 쏟아져 나왔다.

"아따, 재주도 좋네. 이걸 다 어디서 구해왔데?"

"물을 걸 물으쇼, 땅에서 캐어 왔겠소?"

봉길의 물음에 으레 철기의 딴지 어린 비아냥이 이어졌다.

"아 놔, 진짜!"

더 이상 참지 못한 봉길이 자리에서 벌떡 일어나 철기 곁으로 다가갔다.

"너 나랑 무슨 원수졌어? 보아하니 나이도 나보다 어린 것 같은데 왜 사사건건 시비야!"

"원수? 흐흐.."

말끝을 흐리며 봉길을 향해 묘한 미소를 띠우는 철기에게서 왠지 모를 원망이 느껴졌다.

철기에게는 일각(15분)의 차이를 두고 태어난 쌍둥이 여동생이 있었다. 흔하지 않은 인연에 서로를 끔찍이 여겼다. 어릴 적부터 어딜 가든 늘 함께였다. 자라나는 신체만큼이나 그 애틋함 또한 발을 맞추어 함께 자랐다. 열아홉이 되던 해의 일이었다. 대장장이이던 아비와 연신 담금질을 하고 있던 철기에게 어미가 지나가는 말로 송이버섯을 따러간 여동생이 올 시간이 됐는데 여직 오지 않는다며 걱정을 풀어 놓았다. 불길함을 느낀 것일까? 왠지 귀에 거슬리는 어미의 말에 집어 달구던 쇠를 내던지고 산을 뛰쳐 올랐다.

"으악!"

중턱쯤 다다랐을 때 여동생의 비명소리가 들려왔다. 소리를 쫓아 다다른 곳에 여동생이 산만한 덩치의 범과 마주하고 있었다. 바들바들 떨고 있던 여동생을 향해 날을 세운 범의 발톱이 드리웠다.

"악!"

비명과 함께 질끈 감았던 눈을 뜬 여동생 앞에 든든한 방어막이 된 오빠 철기가 서 있었다.

"어서 달아나!"

범의 앞발을 붙잡아 세운 철기가 힘겹게 돌아보며 외쳤다. 발톱에 할퀴어 깊게 패인 얼굴에서 피가 흘러내렸다.

"어서!"

망설이던 여동생을 향해 철기가 재차 소리쳤다. 울먹이며 뒷걸음질 친 여동생이 저 만치 멀리 달아났다. 가까스로 버티고 있던 철기의 손에 힘이 풀렸다.

"쾅!"

죽음을 받아들이며 두 눈을 지그시 감음과 동시에 천지를 울리는 소리가 들려왔다. 범의 몸을 뚫고 나온 여섯 발의 세장전(細長箭:총통전용 화살) 끝이 일제히 철기의 눈에 들어왔다. 파르르 떨던 범이 옆으로 쓰러졌다. 저 만치 앞으로 겨누었던 이총통(二銃筒)을 내리는 포수가 보여졌다.

목숨은 건졌지만 얼굴에는 깊은 상처가 자리 잡았다. 모든 것이 제 탓이라며 여동생은 철기를 볼 때마다 울먹였다. 그날 이후, 여동생은 동트기전 새벽녘마다 뒷산 어귀에 자리한 거원사를 찾았다. 오라비의 안녕을 빌며 좋은 짝을 만날 수 있게 해달라는 기도를 위해서였다. 그러던 어느날 또 한 번 우려의 기운이 철기를 급습해 왔다. 소변을 보러 뒷간으로 나서던 철기의 뒷골이 바싹 당겨져 올랐다. 여동생의 방 앞을 보니 거원사를 찾아간 듯 신이 보이지 않았다. 혹시나 하는 마음에 산 쪽으로 발걸음을 옮겼다.

"크헉~"

잠결에 나온 걸음이라 연신 하품이 나왔다.

"으흡, 흡."

"???"

새들조차 잠에서 깨지 않은 고요한 산속으로 옅은 신음이 새어 들려왔다. 잘못 들었나 싶어 귀를 쫑긋 세운 철기의 귓가에 또다시 신음소리가 들려왔다. 소리를 쫓아 걸음을 옮기자 높이 솟은 무덤이 떡하니 앞을 막아섰다. 조심히 무덤 곁으로 다가서자 빡빡 깎은 머리 하나가 떠오르는 해 마냥 무덤 위로 솟아났다 이내 아래로 사라졌다. 더욱 의아해진 철기가 가려져 있던 무덤 너머로 얼굴을 들이밀자 승려가 여자를 덮치고 있었다.

"악!"

입술을 포개고 있던 승려가 비명을 지르며 입을 떼자 깔려 있던 여자의 모습이 드러났다.

"!!!"

여동생이었다. 울다 지쳐 눈두덩이 퉁퉁 부은 여동생을 보는 순간, 철기의 눈에 불꽃이 일었다. 냅다 승려를 일으켜 세운 철기가 세차게 주먹을 날렸다. 이성을 잃은 철기의 주먹질은 승려가 죽음에 이르고도 한참 동안 계속되었다. 양반집 개만도 못한 미천한 대장장이에게 마땅한 변론을 해줄 이도 판관에게 찔러줄 돈도 있을 리 만무했던 철기는 그렇게 삼봉도행에 오른 것이었다. 그러니 승려라면 이를 갈 철기에게 승려 같지도 않은 망나니 땡추 봉길이 달가울 리 없었다.

초여름이 물밑까지 다가왔지만 따스함이 찬 기운을 밀어내지 못한 듯 아직 섬의 밤바람은 차가웠다. 섬의 평탄지에 오른 무창이 선조가 있는 북서쪽을 향해 지그시 눈을 감았다 떴다.

"이 또한 운명이겠지요?"

조용히 다가선 종만이 조용히 입을 뗐다.

"폐하를 모시는 것이 평생의 운명이라 여겼는데... 솔직히 혼란스럽습니다."

수장의 권위를 벗어 놓은 무창이 연륜으로써 윗사람인 종만에게 조언을 구하듯 진심을 털어 놓았다.

"우리가 서 있는 이 땅 또한 전하가 다스리는 령이니 앞으로 어떠한 상황이 닥치더라도 단지 그 거리가 멀어졌을 뿐 모두가 그분을 위한 일입니다. 허니, 결코 운명이 달라진 것은 아니지요."

종만의 말에 근심으로 쳐져 있던 무창의 어깨가 서서히 자리를 찾아 올랐다.

12. 소생

"전하, 이미 과음하셨사옵니다. 옥체를 생각해 그만 드시..."

"쨍그랑!"

이봉정의 만류에 선조가 잔을 내던졌다.

"닥치고 술을 가지고 오너라!

만취한 선조가 꼬인 혀 사이로 지시를 내뱉었다. 그간 보아오던 곧은 의지가 돋보이던 눈동자는 자취를 감추고 낙심과 좌절의 흐릿한 눈동자만이 자리를 채우고 있었다. 모두가 무창의 죽음을 전해 들은 탓이었다.

 해 질 무렵 편전으로 현신교위 조명학이 뵙기를 청하며 찾아 들었다. 일
개 현신교위를 알 리 없었던 선조가 거부의 뜻을 전하였다 돌연 솟아나
는 궁금함에 말을 바꿔 들라 일렀다.

 "전하, 소신 조명학 인사 아뢰옵니다."

 예를 갖추고 치켜드는 얼굴을 보노라니 왠지 낯에 익었다.

 "내 언제 그대를 가까이서 대면한 적이 있던가?"

 "예전 모반 사건의 고신장에서 뵈온 적이 있사옵니다."

 물음에 조명학이 기다렸다는 듯이 답했다. 선조의 낯빛이 살짝이 굳었
다.

 "그나저나 나에게 긴히 아뢸 말이 있다는 게 무엇인가?"

 애써 불편함을 숨기며 선조의 물음이 이어졌다.

 "내일 대전에 납시면 알게 되실 일이오나 친히 알려드려야 할 것 같아
이리 찾아뵈었사옵니다."

 의문을 더하는 조명학의 말이 왠지 귀에 거슬렸다.

 "뜸들이지 말고 본론을 말하거라."

 약간은 짜증스런 언사가 튀어 나왔다.

 "아뢰옵기 황송하오나 금번 삼봉도로 가던 죄수들이 탈출을 계획했사
옵니다."

"뭣이!"

조명학의 보고에 애써 모른 척 놀란 낯빛을 내비치는 선조였다.

"하여..."

"그래서 어찌 되었느냐?"

조명학의 말을 막아서며 선조가 다급히 물었다. 돌발스런 선조의 물음에 조명학이 고개를 들었다.

"어험."

아차 싶었던 선조가 얼른 표정을 바꾸며 괜한 헛기침으로 무마하려 애썼다.

"다행히 소신이 혹시나 하는 마음에 뒤따랐다 탈출을 막았사옵니다."

"!!!"

선조의 얼굴이 굳었다. 서안 아래 감추어진 두 주먹이 불끈 쥐어졌다. 당장 마주한 저놈의 목을 베고픈 마음으로 가득 찼다.

"아마 지금쯤 산짐승들과 날짐승들의 먹이가 되었을 것이옵니다."

선조의 분노를 알고 있을 조명학이 더욱 속을 긁었다. 이는 무창의 존재를 선조의 맘속에서 깨끗이 쓸어내기 위한 계산에서였다. 완전히 비워진 자리여야 자신이 둥지를 틀기에도 수월할 것이라 여겼다.

"그만!"

견디기 힘들었던 선조가 서안을 내리쳤다.

"전하, 소신이 뜻을 이어 받들겠나이다."

"!!!"

조명학의 말이 선조의 슬픔을 잠시 멈추게 만들었다.

"전하의 수족이 되어 명을 따르겠사옵니다. 하니 죽은 저들을 대신해 소신을 이용하시옵소서."

침묵이 흘렀다. 답을 기다리는 조명학의 머릿속은 행여 거부의 뜻을 내비치었을 때를 대비한 반론을 준비하고 있었다.

"조명학이라 했느냐?"

침묵을 깨고 선조가 입을 뗐다.

"그러하옵니다, 전하."

"좋다, 내 너의 뜻을 수용하마."

"성은이 망극하옵니다, 전하."

바닥에 이마를 닿은 조명학의 얼굴에 미소가 드리웠다.

"그럼, 내 첫 하명을 내리마."

"분부만 내리십시오. 소신 이 한 몸 바쳐 어명에 따르겠나이다."

결의에 찬 목소리로 조명학이 답했다.

"가서 네 가족들을 모두 참(斬)하거라!"

"!!!"

조명학이 떨군 고개를 들지 못했다. 입도 닫혔다.

"몰랐더냐? 네가 죽인 그들 모두가 연연할 가족이 없었음을... 맘을

흔들 약점이 없어야 냉정히 명을 따를 수 있다는 것쯤은 알 것 아니더
냐?"

조명학의 얼굴이 창백해 졌다. 숙여진 고개 아래 놈의 얼굴을 보지 않아
도 능히 짐작한 선조가 작은 비웃음을 내뱉었다. 한참을 미동 없이 앉아
있던 조명학이 말미를 달라는 청과 함께 자리에서 물러났다. 놈이 모습
을 감추며 문이 닫히자 왈칵 눈물이 쏟아졌다. 참아왔던 슬픔이 일순간
몰려들었다. 떠나간 친구와의 이별주를 위해 평소 무창이 좋아하던 안
주들로 주안상을 봐오라 일렀다. 그렇게 시작된 홀로 한 술자리가 벌써
두 시진 가까이 이어지고 있는 것이었다.

선조의 노기에 하는 수 없이 이봉정이 술을 청하기 위해 물러났다.

"벗이여, 내 하나뿐인 벗이여... 제발.. 날 원망해 주게. 어리석고 나약
한 날 용서치 말게..."

마주 놓여진 술잔에 술을 따르며 선조가 미안함을 전했다.

"자네에게 언제나 바라고 부탁만 하던 이기적인 나를... 그런 날 절대
이해하지도 용서하지도 말아 주게. 친구여, 나의 영원한 벗이여... 흑흑
흑..."

왕의 흐느낌이 편전 안을 울렸다.

"고구마가 스물셋, 감자 서른 개가 남았습니다."

자루를 풀어 수를 헤아린 경록이 무창을 향해 알리었다.

"그나마 다행이군, 아침 먹고 나면 평탄지로 올라가 남은 것들을 씨종자로 심을 것이니 그리들 알게."

"예, 장군."

명을 받들며 월은단 무리가 일제히 답했다.

"나 참, 거 칼만 잡고 괭이는 들지 않아 뭘 한참 모르나 본데 그것 심는다고 내일 당장 수확할 수 있는 게 아니오. 적어도 두어 달은 넘겨야 수확할 수 있을 텐데... 그때까지 목숨이 붙어있을지도 모르는 일, 거 먹고 죽은 귀신이 때깔도 좋다고 괜한데 기운빼지 말고 그냥 먹어 치웁시다."

소옥과 영순이 남은 쌀을 넣고 끓인 전복죽 앞으로 나선 봉길이 전복껍질을 숟가락 삼아 떠먹으려 구시렁댔다.

"나도 돕겠소."

윗저고리를 동여매며 일어선 철기가 맘에 들지 않는 봉길의 의견에 반기를 들기 위해 동조표를 던졌다.

"누구처럼 때깔 좋게 죽는 것 보다 난 살 수 있을 때까지 악착같이 살아봐야겠소. 그러다 보면 혹시 아오? 해적이던 상선이던 손 벌릴 이들이 나타날지도 모르는 일이니..."

철기의 말에 좌절로 칙칙하게만 보이던 무리의 눈동자에 하나같이 촉촉한 희망의 온기가 흘렀다.

"저도요."

홍선이 두 손을 번쩍 들며 소리쳤다.

"힘쓰는 거랑 농사만큼은 저도 자신 있습니더."

아침 녘이라 아직 채 가라앉지 않은 걸걸한 목소리의 덕보도 팔뚝을 힘주어 내보이며 거들었다.

"제 힘도 좀 가져가십시오."

"겸아!"

벽을 짚고 일어선 겸이 마른 입술에 침을 묻히며 입을 뗐다. 한층 밝아진 모습을 보노라니 예전의 혈색을 되찾은 듯 했다. 뽀얀 피부에 기생이 공들여 치장한 입술만큼 촉촉한 분홍빛 입술이며 미소 지을 때 드러나는 하얗고 고른 치아가 여느 아녀자들의 맘을 훔칠 만큼 매력적이었다.

"살았구나! 살았어!"

반가운 나머지 겸을 번쩍 들어 안는 만복이었다.

"욱!"

미처 기력을 다 회복하지 못한 겸이 옅은 비명을 뱉어 냈다.

"미안, 미안..."

어쩔 줄 몰라하며 만복이 조심스레 겸을 내려놓았다.

"괜찮으냐?"

다가선 무창이 겸의 어깨를 쓰다듬으며 온화한 미소를 내보였다.

"네, 장군님. 염려를 끼쳐 죄송합니다."

"됐다, 이리 살아 있으니 되었다. 너마저 떠나보냈다면 니 아비를 볼 면목이 없을 것인데 고맙구나."

겸의 아비 또한 월은단의 일원이었다. 평소 순번을 정해 사전 첩보를 나가는데 그날은 고뿔이 심하게 걸린 겸을 대신해 아비가 야밤을 틈타 첩보를 나갔다. 한데 넉넉히 한 시진이면 돌아올 길을 두 시진이 넘어도 돌아오지 않는 아비였다. 불길한 기운에 무창이 무리를 이끌고 근거지를 나서려는 찰라 아비가 들어섰다. 한데, 다가서는 걸음 거리가 이상하였다. 비틀거리며 무창의 앞에 선 아비가 가리고 있던 아랫배에서 손을 떼자 한가득 핏물이 배어 나왔다.

"겸이를 부탁드립니다. 장군님..."

그렇게 아비는 무창의 손을 마주잡은 채 세상을 떠났다. 장례를 치른 직후 무창은 겸이를 불렀다.

"이제 그만 떠나가거라."

터전을 꾸리는데 부족치 않을 넉넉한 은자를 내어 주며 무창이 겸에게 일렀다.

"그럴 수 없습니다."

"이건 명령이다."

"행여 아버지 때문이라면 더욱이 그럴 수 없습니다."

전장에서의 물러섬 없는 장군의 승전 의지만큼이나 겸의 말은 단호하고 비장했다.

"아버지의 명예를 위해서라도 끝까지 함께 하겠습니다. 아버지 또한 그러길 바라실 것입니다."

결국, 겸의 의지를 꺾을 수 없었던 무창은 생각을 내려놓았다.

"뭐, 다수의 의견이 그러하다면 뜻을 따르는 것이 대인배의 길이니 흠흠.. 나도 함께 하지요."

흘러가는 분위기가 예사롭지 않음을 느낀 봉길이 찌푸렸던 인상을 냴름 거두며 특유의 간사한 표정으로 넉살 좋게 말을 내뱉었다.

"다들 뜻을 모아 주어 고맙소. 알다시피 부족함 많은 이곳에서 기한 없는 삶을 연명해 나간다는 것이 결코 쉬운 일은 아닐 것이외다. 허니, 무엇이든 좋은 의견이 있으면 주저 말고 내놓아 주시오."

"어제 자무질하러 물속에 들어갔더니 전복도 전복이지만 오징어며 꽁치가 수도 없이 득실거렸습니더."

"어제 뒤늦게 내린 소나기 덕분에 평탄지 위에 있던 갈대밭은 그나마 온전했습니다. 갈대로 통발을 엮어 만들어 잡으면 될 듯싶습니다."

소옥의 말에 번뜩 묘안이 떠오른 천복이 무창에게 생각을 전했다.

"농사에 필요한 농기구는 우리를 채웠던 수갑이며 족질을 녹여 만들면 됩니다."

"불을 밝히고 땔 기름은 강치 놈을 잡아서 짜면 돼요."

철기와 홍선이 자신들의 재주를 살려 의견을 내놓았다.

"저... 그나저나 농사에 많은 물이 필요할 것인데 그건 어찌 구하지요."

덕보의 우려 섞인 말에 일순간 활기차던 동굴 안이 찬물을 끼얹은 듯 냉기가 흘렀다.

"하긴, 남아 있는 샘물은 식수로 사용하기에도 벅찹니다. 그나마 그도 곧 바닥을 드러낼 텐데..."

경록이 거들어 보탰다. 잠시의 침묵을 깨고 홍선이 입을 열었다.

"방법이 없는 건 아닙니다. 단 운이 좀 따르긴 해야 하지만..."

알 수 없는 여운을 남기며 홍선이 하얀 이를 내보이며 웃었다.

"얼마나 잡았습니까?"

평탄지를 올라오는 천복을 향해 홍선이 물었다.

"열댓 마리 좀 넘어."

말을 끝낸 천복이 양어깨에 둘러메고 있던 자신의 덩치만한 강치 두 마리를 바닥에 패대기쳤다. 뒤이어 오른 만복과 덕보가 통나무에 함께 엮어 들고 온 강치들을 내려놓았다.

"아직 통에 엮어 덧대기엔 한참 모자라요."

"일단 잡은 것만 가져 온 거야. 계속 잡고 있으니까 걱정 마."

"가죽을 벗겨 바위에 말려 주십시오."

"야, 임마! 숨 좀 돌리자. 헉헉.."

뒤늦게 달랑 강치 한 마리를 질질 끌고 오른 봉길이 숨을 헐떡이며 투덜댔다.

"할 일이 많네, 언제 비가 올지 모르니 최대한 빨리 준비해 둬야 해."

불에 탄 소나무들 중 성한 것들을 골라내 다듬던 종만이 봉길을 재촉했다.

"거 상황은 잘 알겠고, 내 전부터 궁금했는데 도대체 몇 살인데 내내 반말이쇼? 자랑은 아니지만 나도 낼 모레 환갑 맞을 나인데, 거 썩 듣기 좋지 않소이다."

봉길의 말을 듣는 둥 마는 둥 하염없이 나무를 베어 다듬는데 여념 없는 종만이었다.

"아니, 저 양반이... 보소, 내 말 안 들려요?"

답이 없는 것도 모자라 간간히 미소를 내짓기까지 하는 종만의 모습에 잔뜩 열이 오른 봉길이 다가서려 자리에서 일어섰다. 순간, 봉길의 발 앞을 향해 만복이 강치 한 마리를 냅다 내던졌다.

"종만 어르신, 고희를 한참 넘기셨소. 그러니 쓸 때 없는데 기운 빼지 말고 이놈 꼬리나 잡으쇼."

말이 전해 들리기 무섭게 허리춤에서 칼을 빼어 든 만복이 아직 살아 숨 쉬는 강치의 배를 갈랐다. 꼬리를 파닥거리는 통에 핏물이 봉길의 눈가에 튀었다.

"어, 어허 그 사람 참..."

소매로 피를 닦으며 한 발로 강치의 꼬리를 지그시 밟는 봉길이었다. 반나절이나 이어진 강치 손질에 지칠 무렵, 소옥이 통째 삶은 오징어를 이고 평탄지를 올라왔다.

"이것 좀 드시고 하이소."

"아따, 배꼽이 요동치는 걸 어찌 알고 때맞춰 왔데?"

강치의 벗겨 낸 가죽을 바위에 펼쳐 널던 봉길이 득달같이 달려와 오징어를 내리는 소옥을 도왔다. 머리로 뻗쳐진 두 손과는 달리 두 눈은 소옥의 가슴을 향해 있었다. 눈길을 알아챈 소옥이 얼른 몸을 뒤로 물러 뺐다. 한쪽에서 다듬은 나무로 무덤만한 거대한 통을 만들던 무창 일행이 자리로 와 합류했다.

"여기예."

무창이 엉덩이를 깔기 무섭게 소옥이 먹기 좋게 잘라낸 오징어 몸통을 조심스레 건넸다.

"고.. 맙네."

당황한 기색이 역력한 무창이 받아 든 오징어를 입 속에 넣고 오물거렸다.

"콜록, 콜록.."

"여기예."

목에 사례가 들려 기침을 내뱉는 무창을 향해 소옥이 얼른 물사발을 건넸다.

"여기예, 여기예! 흥, 나도 입 있고, 목 있거늘! 같이 일했는데 사람 차별하는 거야? 뭐야! 아님 내가 눈치가 없는 건가?"

 못내 소옥의 일방적 친절이 못마땅했던 봉길이 끝내 눈치 없이 주둥이를 벌려 씹던 오징어 파편들과 뒤섞인 불만을 토해냈다.

 "아참, 지난번에 금강선사 어쩌고저쩌고 하던데 혹시 극락촌 금강선사를 말하는 거였소?"

 머쓱해 하는 무창을 위해 애써 화제를 돌리려 오징어 투명 뼈를 발라내던 만복이 물었다.

 "그럼, 내가 바로 오대산 일대를 주름 잡던 극락촌 금강선사였지."

 감회에 젖은 봉길이 어깨 가득 힘을 주며 답했다.

 "생각 외로군요."

 "생각 외라니?"

 만복의 구시렁에 의구심의 눈초리가 귀까지 찢어져 늘어난 봉길이 되물었다.

 "듣기론 기골이 장대하여 성문에 머리가 닿고 날렵하기가 매와 같다 들었는데..."

 말끝을 흐리며 고개를 흔드는 만복의 모습에 성난 황소마냥 콧바람을 내뿜으며 봉길이 자리에서 벌떡 일어났다.

 "내 비록 지금은 연로해 기력이 쇠했지만 불혹 전까지만 해도 한 걸음에 백 보를 가고 내 이 주먹질 한방에 백 년 된 고목이 꺾여 넘어 갔었느니라!"

허세에 찬 봉길이 허공을 향해 주먹을 내뻗었다.

"혹, 천만파라고 들어보셨소?"

"천만파라... 알지, 나만은 못해도 백두산에 자리를 틀고 세를 떨치던 도적무리 아닌가. 근데 갑자기 그건 왜? 뭐야, 설마!"

무시조로 나불대던 봉길이 두 눈을 찢어져라 벌린 채 천복, 만복형제를 번갈아 바라봤다. 무창과 종만이 봉길을 바라보며 미소를 띠웠다.

"자.. 자네들이 천만파!"

"그렇소."

행여나 하던 마음에 확신을 박는 만복의 대답에 봉길의 다리가 일순간 후들거렸다. 천만파가 누구이던가! 백두산 일대는 당연지사요, 국경을 넘어 북방의 야인들조차도 두려움에 떨었다는 도적떼가 아니던가! 어느 순간 우두머리이던 두 형제가 종적을 감춰 죽었다는 소문이 퍼지며 조직이 와해되었다지만 여전히 그 이름만으로 등골이 오싹케 하는 당사자들이 지금 눈앞에 있다는 사실이 봉길의 심장을 가쁘게 했다.

"뭐예요, 그럼 형님들 산적이었어요?"

천진난만한 얼굴로 물음을 던지는 홍선에 반해 지켜보는 봉길이 도리어 사색이 되어 형제의 눈치를 살폈다.

"그리 거창할 건 없고, 그냥 한때 몹쓸 짓을 좀 했지."

담담히 답하는 천복이지만 그 맘에는 지난날에 대한 후회가 묻어났다.

"월은단엔 어찌 들어간 거예요?"

월은단이란 말에 무창의 얼굴이 차갑게 변했다.

"죄송합니다. 조르며 묻기에 감출게 없다 싶어, 별 생각 없이..."

만복이 난처한 얼굴로 고개를 숙였다.

"월은단이라니? 그리고 보니 다들 당신을 장군이라 부르질 않나, 호송선에 숨어든 첩자도 삼엄한 경비를 어찌 뚫고 호송선에 올랐는지... 의심스러운 것이 한두 가지가 아니오. 대체 당신들 정체가 뭐요?"

"다들 배 채웠으면 그만 일들 합시다."

말과 함께 손을 털고 일어서는 종만을 따라 하나 둘 자리에서 일어선 무리들이 놓았던 칼이며 도구들을 잡고는 애초 일하던 곳을 향해 갔다.

"아니, 자네는 안 궁금해? 이래저래 비밀이 너무 많잖아."

지나쳐 가던 덕보의 팔을 매달리듯 붙잡은 봉길이 동조를 구하듯 물었다.

"글쎄요."

특유의 어눌함으로 머리를 긁적이며 걸어가는 덕보의 낯빛으로 보아 그도 이미 얘기를 들은 듯 했다.

"뭐야? 설마, 나만 모르고 있는 거야? 그런 거야!"

그제야 눈치를 챈 봉길이 앞서 가는 덕보를 뒤쫓으며 따져 물었다.

동굴 안이 달아오른 불꽃열기로 가득했다. 윗저고리를 풀어헤친 철기의 세찬 돌 망치질이 동굴 안을 쩌렁 쩌렁 울렸다.

"여기 손잡이로 쓸 것들일세."

다듬은 나무 몽둥이를 한아름 안고 들어선 무창이 철기를 돕고 있던 경록에게 건네며 말했다.

"제가 갈 텐데 뭣하러 수고스럽게 직접 가져 오셨습니까."

"나무틀은 다 짜서 맞추어 놓았고 가죽이 말라야 엮어 붙일 수 있어 짬이 나 갖고 온 것이네."

"참 똑똑한 녀석 아닙니까, 빗물 통을 만들 생각을 다 하고."

"그러게, 총기하난 타고난 아이 같아."

"고단하실 텐데 잠시 들어가 쉬십시오."

"에잇! 이러다간 망치 만들기도 전에 섬에 남아나는 돌이 없겠네."

경록의 말이 끝나기 무섭게 뒤쪽에 있던 철기가 두드리다 깨진 돌을 내던지며 마치 들으라는 듯 투덜댔다.

"손 하나가 귀한 마당에 지위가 어디 있고 고하가 뭣이 필요하답니까!"

바닥에 수북이 쌓인 돌들 중 찰진 것을 골라 집어 든 철기가 몽둥이에 묶으며 넋두리 하듯 주절댔다.

"아니, 이 사람이..."

"됐네."

나서는 경록을 무창이 붙잡았다.

"그래, 자네 말이 맞네. 어디 내가 도울 일이 없는가?"

"없긴 왜 없습니까, 차고 넘치게 많지요."

"뭘 하면 되겠나?"

"이 놈들 중 가장 단단해 뵈는 것들부터 추려 주십시오."

"그러지."

팔을 걷어붙인 무창이 돌무덤 앞에 쭈그리고 앉았다.

"제가 하겠습니다. 장군님..."

"저기 불구멍에 불 꺼져 가잖소!"

무창에게 다가선 경록을 향해 철기가 소리쳤다.

"가서 하던 일 하게."

잠시 머뭇거리던 경록이 하는 수 없이 발길을 돌렸다.

"저기예..."

총총 걸음의 소옥이 동굴 안으로 들어섰다.

"부탁하나만 드릴라꼬."

무창을 발견하고는 살짝 놀란 기색을 짓던 소옥이 말을 이어가며 철기
에게 다가섰다.

"뭐요?"

"작은 갈퀴 하나만 만들어 주실 수 있습니꺼? 전복 딸라는데 손으로는
힘에 부쳐서예."

"알았네."

퉁명스럽긴 하지만 분명 좀 전 무창을 대하던 것과는 확연히 다른 철기

의 대답에 불을 지피던 경록이 돌아봤다.

"고맙심니더."

돌아선 소옥이 무창에게로 힐끔 시선을 내어 주었다가 총총걸음으로 사라졌다.

"자네, 혹시 딴 맘 있는 거 아냐?"

"무슨 소리요?"

"아니, 소옥을 대하는 모양새가 남들과 다르잖아."

"다르다니 뭐가 다르단 말이오. 싱거운 소리 말고 불이나 잘 살피시오."

윽박지르는 철기의 말에 피식 웃으며 고개를 돌리는 경록이었다. 철기에게 경록이 생각하는 것과 같은 딴 맘은 없었다. 단지, 소옥을 보노라면 남겨 두고 온 여동생이 떠올라 맘이 가는 것뿐이었다.

"무기도 만들어 본 적이 있나?"

돌을 고르던 무창이 말을 던졌다.

"군기시(軍器侍:조선시대 무기 제조소) 공장(工匠:무기제조 장인)이 할 일을 하찮은 시골 대장장이가 군이 찾아 할 일이 뭐 있었겠소."

"행여, 만들라면 만들 수 있겠는가?"

무창의 질문에 철기의 망치질이 멈춰 섰다.

"사람을 베는 칼이던 밭을 가는 괭이가 되었던 모양새가 다를 뿐 쇠에 절실한 마음만 깃든다면 명검을 이기는 괭이도 나올 수 있지요. 하지만 그렇지 못할 땐 목검에 부러질 칼이 나오고 작은 돌부리에도 망가질 괭이가 나오는 법이지요."

잠시 생각을 추스른 철기가 망치질을 이어가며 답했다.

"큰일 났심더!"

사라졌던 소옥이 황급히 뛰어 들어왔다.

"언, 언니가.. 애.. 애가 나옵니더!"

"뭐!"

화들짝 놀란 경록이 쏜살같이 뛰쳐나갔다.

"응애~ 응애~"

동굴 안 가득 아기 울음소리가 울려 퍼졌다.

"이걸로 탯줄을 잘라요."

장막 안으로 고개를 내민 상목이 칼을 건네 전했다.

"지, 지가예...?"

장막 안에 있던 소옥이 떨리는 목소리로 손을 뻗어 칼을 받았다.

"아기 배에 최대한 가깝게 잘라요."

"어, 우야꼬..."

상목의 물음에 답 대신 난처한 듯 힘겨운 넋두리를 뱉어 내는 소옥이었다.

"도저히 못하겠심더."

소옥의 대답에 상목이 뒤에서 초조히 지켜보던 경록을 바라봤다. 잠시 망설이던 경록이 고개를 끄덕였다. 이에 지체 없이 장막 안으로 들어가는 상목이었다.

 "어떻게 됐습니까?"

 뒤늦게 동굴 안으로 쫓아 들어선 무리들 중 앞서 다가선 천복이 물었다.

 "무사히 나왔네. 지금 탯줄을 자르고 있어."

 "사냅니까, 계집입니까?"

 "사내라네."

 만복의 물음에 무창이 연이어 답했다.

 "들어가 보십시오."

 장막을 걷고 나온 상목이 경록을 바라보며 말했다. 긴장되는 듯 호흡을 길게 들이 쉰 경록이 조심스레 걸음을 옮겨 장막 안으로 사라졌다.

 "음, 기운이 느껴져. 왠지 저 놈이 복을 가져다 줄 것 같은..."

 두 눈을 지그시 감은 봉길이 엄지로 나머지 손가락들을 하나하나 짚으며 중얼거렸다. 그 사이 상목이 아기를 안고 밖으로 나왔다. 아기를 보려 상목의 주변으로 다들 몰려들었다.

 "윽, 왜 이렇게 쭈글쭈글해요?"

 갓 태어난 아기를 본 적 없던 홍선이 인상을 찡그리며 살짝 걸음을 물러났다.

 "너도 다 이랬어, 이눔아!"

철기가 홍선의 뒤통수를 툭 치며 말했다.

"이름은 정했습니꺼?"

덕보가 특유의 굵고 어눌한 말투로 물었다.

"아니, 아직... 이놈에게 생명을 내어 준 건 장군님이시니 장군님이 지어주십시오."

무창에게 아기를 내보인 경록의 부탁이 이어졌다.

"내가!?"

약간 놀란 기색의 무창이 아기를 유심히 살피더니 못내 마땅한 이름이 떠오르지 않는 듯 종만을 돌아봤다.

"나보단 여기 계신 어르신이 지어주시는 것이 좋을 듯하구나. 어떠십니까?"

"글쎄요, 제 짧은 소견엔 이 섬이 아기에게 생명을 주었으니 섬 이름을 따 삼봉이로 하면 어떨지..."

종만의 말에 타당성이 있다 여긴 듯 모두가 고개를 끄덕였다.

"삼봉이 좋은데예, 삼봉아! 우루루 까꿍~"

아비인 경록보다 더욱 신이 난 덕보가 산짐승 같은 크고 부리부리한 얼굴을 들이밀었다.

"응, 응애~"

놀란 아기가 울음을 터뜨렸다. 난처해진 얼굴의 덕보가 머리를 긁적이며 뒤로 물러났다.

"야, 이놈아, 나도 언뜻 언뜻 놀라는 그 얼굴을 그리 무턱대고 들이밀면 어떡하나!"

봉길의 나무람에 오랫만에 여기저기 웃음이 흘러나왔다.

짜 맞추듯 조화된 모든 이들의 재능으로 삼봉도에 생기들이 피어올랐다. 두 손 모아 빌어대던 봉길의 기원이 하늘에 닿은 것인지 어쩐 것인지 닷새 간 이어진 장대비가 빗물통을 가득 채웠다. 척박한 땅에 그간 모아둔 오줌이며 변으로 만든 거름을 내어 뿌리자 감자와 고구마에 싹이 돋았다. 오랫동안 배들이 오가지 않은 바다 아래에는 고기들이 넘쳐났다. 왕성한 번식력으로 날로 수를 불린 강치 덕에 불을 밝힐 기름이며 이래저래 유용한 가죽 또한 원하는 만큼 얻을 수 있었다. 바느질 솜씨가 좋았던 영순은 모두에게 가죽으로 옷을 지어 주었다. 부른 배와 따뜻한 등살에 초기의 날카로운 경계심과 불만들은 흔적을 감췄다. 물론, 단 한 사람... 무창만은 예외였다. 오로지 선조에 대한 우려와 죄스러움에 밤마다 잠을 설쳤다.

"폐하, 소인이 이리 편히 지내도 되는 것인지 죄사할 따름이옵니다."

과거 토끼 이야기를 꺼내 놓았던 선조를 떠올리며 평탄지 위에 선 무창이 밤바다를 밝히고 있는 달을 바라보며 읊조렸다.

"이곳에 온지도 벌써 석 달이 다 됐네예."

차마 곁에 붙진 못하고 두세 걸음의 거리를 두고 멈춰 선 소옥이 나직이 말했다. 떨리는 마음을 감추려 또박또박 말을 이어갔지만 적막에 가까운 고요함 속에서 새어 나오는 불규칙적인 두근거림은 감출 수가 없었다.

"참말로 미안합니더."

갑작스런 사과에 무창이 돌아봤다.

"저 때문에 이렇게 되신 거 말입니더."

"무슨 소리냐?"

"그때, 배 안에서 제가 부탁만 안했어도..."

"쓸 때 없는 소리!"

이미 마음에서 떠나가고 지워진 일을 새삼 꺼내고 싶지 않은 무창이 말을 잘랐다.

"저기 이거..."

수줍게 건네는 소옥의 손을 보면 가죽 끈을 둘러 만든 팔 각반이었다.

"보답하고 싶은데 마땅히 할게 없어가꼬..."

"됐.."

사양하려던 무창이 말을 멈추고 각반을 받아 들었다. 소옥의 손바닥 껍질이 벗겨진 것이 아무래도 각반을 만들다 그리된 것 같아 그 정성을 외면하기가 힘들었던 탓이었다. 각반을 받아들자 소옥의 볼이 발그레해졌다.

"지는 이만..."

맘을 들킨 부끄러움에 인사를 하는 둥 마는 둥 발길을 돌려 사라지는 소옥이었다. 그 모습이 귀여운 듯 뒤태를 바라보는 무창의 입가에 모처럼만의 미소가 깃들었다.

"누구래?"

성을 나오는 호송 마차를 바라보며 여기저기 수군거림이 일었다.

"임금을 시해하려다 잡힌 자라네."

"뭐!? 아니, 어느 간 큰 놈이 감히 임금님을 죽이려 했데?"

늘어선 사람들을 비집고 들어선 사내의 눈에 풀어 헤쳐진 머리카락 사이로 쓴 미소를 짓고 있는 조명학의 모습이 들어왔다. 과욕에 대한 회한의 미소였다.

조명학이 선조를 독대하고 물러난 다음 날 아침, 어명이 내려왔다.

"교위 조명학을 금일부로 황해도 겸토포사(兼討捕使:조선시대 도적 잡는 일을 맡아보던 특수직)로 임명한다."

당시 함경도에는 구월산 일대로 수많은 도적떼들이 들끓는 통에 하루가 멀다하고 조정으로 상소가 올라오고 있었다. 명을 듣는 순간, 선조가 자신을 시험하기 위한 것이라 여긴 조명학은 지체 없이 함경도로 향했다. 구월산을 끼고 있는 관할 군수들과 회합을 한 조명학은 도적들을 유인할 함정을 팠다. 얼마 지나지 않아 예상대로 도적들은 함정에 걸려들었고 갑작스런 관군의 등장에 놀란 놈들은 오합지졸의 전형을 보이며 달아나기 바빴다.

"모조리 죽여라!"

조명학의 지시에 궁수들이 도적들의 심장을 노렸다. 날아든 화살에 여기저기 비명이 들려왔다.

"포사 나리!"

관아로 끌려온 도적들을 고신하는 조명학을 찾아 관졸이 바삐 뛰어 들어왔다.

"무슨 일이냐?"

"크, 큰일 났습니다! 헉헉.. 어서 한양으로 가보셔야겠습니다."

"갑작스레 한양이라니?"

"나리 집안에 밤사이 괴한이 들어 가족분들이..."

"!!!"

쉬지 않고 말을 달려 집으로 들어선 조명학의 눈에 부모와 처의 싸늘한 주검이 들어왔다. 자리에 털썩 주저앉은 조명학은 한참을 일어날 줄 몰랐다. 장례를 치르는 사이 가족을 살해한 놈을 잡았단 소식에 관아를 찾았다. 형틀에 앉은 놈을 살펴보았지만 안면일식이 없는 놈이었다.

"이 놈! 나와 무슨 원수가 졌기에 그런 몹쓸 짓을 한 것이냐?"

"퉤!"

멱살을 부여잡고 다그치는 조명학을 바라보던 놈이 바닥에 침을 내뱉었다.

"흥, 내 부하들을 죽인 죗값이요!"

"부하들?"

놈은 조명학이 잡아들인 도적떼의 두목이었다.

"나의 집은 어찌 안 것이냐?"

문득 든 의문에 추궁을 이어갔다. 도적을 잡아들이자마자 자신의 집을 알고 찾아든 것이 상식적으로 이해가 쉽지 않았다. 누군가가 미리 알려주지 않았다면 불가능한 일이었다.

"은신처에 숨어 있는데, 누군가 찾아와 알려주었소."

"그 놈이 누구냐?"

"나도 그건 모르오. 그저 나리의 댁을 알려주고 자리를 떠났소."

침묵으로 버티던 놈이 고신에 못 이겨 입을 열었다. 뭔가 실마리를 찾으려 놈을 더욱 세차게 고신했지만 더 이상 알아낼 수 있는 것이 없었다.

"누구일까? 도대체 어떤 놈이 나에게 이토록 커다란 불만을 품었단 말인가?"

살아온 나날을 되짚으며 가능성의 인물들을 추리던 조명학의 눈이 돌연 번뜩였다.

"설마!"

문득 떠오른 한 사람을 생각하다보니 모든 것이 줄줄이 풀려나갔다. 그가 떠올린 사람은 선조였다. 갑작스런 겸토포사 임명에 집을 비우게 되었고, 때를 맞추어 도적이 집을 찾아 들었다. 연결고리를 갖고 이어지는 유일한 인물이었다.

죽음을 각오하고 왕의 침전에 숨어들었다. 침소로 다가서 지체 없이 칼을 꽂았다.

"생각한 시간에 딱 맞춰 왔군."

"!!!"

등 뒤로 들려오는 소리에 일그러진 얼굴로 돌아서는 조명학의 눈에 기다리고 있던 선조가 뒷짐을 진 채 지켜보고 있었다.

"이유가 뭡니까?"

"대신 할 수 없네, 그 누구도 그를 대신 할 수 없네. 그리고 용서할 수 없네, 나의 벗을 죽인 원수를..."

선조의 눈을 바라보는 조명학의 머릿속에 죽기 직전 무창의 얼굴이 떠올랐다.

『폐하를 부탁하오.』

죽음을 코앞에 둔 상황에서도 선조를 걱정하는 그의 두 눈과 앞에 선 선조의 눈이 다르지 않음을 느꼈다. 두 사람의 관계를 얕잡아 본 자신의 과오가 후회됐다.

"쨍그랑.."

모든 것을 체념한 조명학이 바닥에 칼을 내려놓았다.

- 2권에서 계속됩니다

초판1쇄 인쇄 2012년 8월 25일
초판1쇄 발행 2012년 8월 29일

지은이 이상훈
발행인 손우리

편집.디자인 나인본

마케팅 김미경, 손정욱, 이혜인

펴낸곳 도모북스
주소 서울 서대문구 창천동 90-43 3층
주문전화 02 324 8220
팩스 02 3141 4934
이메일 domobooks@naver.com
홈페이지 www.domobooks.co.kr
출판등록 2012년 12월 8일 제 312-2010-000055호

ISBN 978-89-965632-8-0 04810
      978-89-965632-9-7 (세트)